劳拉·戴夫 [美]
LAURA DAVE
著

人间蒸发

THE LAST THING HE TOLD ME

冯新平 —— 译

九州出版社
JIUZHOUPRESS

致乔希和雅各布，我生命中的奇迹

以及罗谢尔和安德鲁·戴夫，

感谢你们的爱与支持

我们开始吧

别太过火

什么是过火

你现在就是

——爱德华·埃斯特林·卡明斯

序　言

欧文以前喜欢取笑我，说我什么都丢，甚至将丢东西上升为了一种艺术。太阳镜、钥匙、手套、棒球帽、邮票、照相机、手机、可乐瓶、钢笔、鞋带、袜子、灯泡、冰盘。他并没有完全说错。我确实常常分心走神，丢三落四。

第二次约会时，我就把停车场的票根弄丢了。那次我们各开各的车。欧文后来常开玩笑说起我一再坚持自己开车赴约的事。甚至在我们的新婚之夜，他也拿这件事开玩笑。而我则笑话他那天晚上如何无休无止地盘问我，关于我的过去，那些被我抛弃的男人，那些离开我的男人。

他认为他们都是和我有缘无分的人。他举起酒杯说，他很感激他们不是我的意中人，要不然他就没机会坐在我对面了。

"你对我还是不够了解。"

"总感觉哪里不太对劲？"他笑了笑说。

他没有说错。从一开始，我俩之间似乎就有某种说不清、道不明的东西，我想这就是我分心走神，弄丢停车票的原因。

当时我们把车停在旧金山市中心的丽思卡尔顿停车场，取车时，管理员大喊说，如果之前跟他说是去吃晚饭，就不用开停车票了。"你的车本来可以停好几个星期的，"他说，"但我不知道你是不是在耍我？丢一张票根得交一百美元，还不算税钱，牌子上写着呢。"

"你确定丢了吗？"欧文问我。他说话时面带微笑，好像这是那晚他听到的最好的消息。

确实丢了。我找遍了租来的沃尔沃汽车的每个角落，找遍了欧文那辆漂亮跑车(尽管我从未坐过)的每寸地方，就连那灰乎乎的停车场地板我都找了一遍，结果还是没有找到。

欧文失踪的那个星期，我做了一个梦，梦见他站在那个停车场，身上穿着同样帅气的西装，脸上露出同样迷人的微笑。梦中，他正摘下结婚戒指。

"瞧，汉娜，"他说，"现在你把我也弄丢了。"

目 录

序　言　i

第一部分

敲门声响起……　3

格林街往事　7

不要问不想要答案的问题　16

好好想想你要什么　25

二十四小时前　33

跟着钱走　36

有人来相助　42

这些人不是你的朋友　52

不要拿这个对付我　66

六周前　72

贝莉糟透的一天　75

你想忘掉的是什么？　81

第二部分

奇怪的奥斯汀　89

谁需要向导？　104

三个月前　110

白色小教堂　114

并非人人都是好帮手　124

八个月前　134

对不起，我们还在营业　137

两人能玩那个游戏　146

一年前　152

删除所有历史记录　155

难道这不是科学吗？　159

一些学生比其他学生优秀　168

十四个月前　174

如果嫁给了舞会之王……　177

"永不干涸"酒吧　186

小心你的愿望　198

十八个月前　202

好律师　206

第三部分

我们年轻时　215

人人都应盘点生活　233

"永不干涸"酒吧，第二部分　235

在湖上　240

两年前　248

你必须靠自己　252

细节决定成败　269

寻找回到她身边的路　274

两年零四个月前　280

有时候你可以回家　282

五年后。或八年。或十年　285

致　谢　289

第一部分

科学家拿出一块木板,找出薄弱之处,然后钻了许多孔。这是我不能容忍的。

——阿尔伯特·爱因斯坦

敲门声响起……

就像电视上经常看到的那样，敲门声响起，外边有人正等着告诉你一个即将改变一切的消息。这个人通常是警察或消防员，也可能是身着制服的军官。当我带着大事临头的不安打开门时，却发现送信人是一个身穿足球服的十二岁女孩。身上护胫等装备一应俱全。

"是迈克尔斯夫人吗？"

我犹豫着。面对这样的问题时我常常犹豫。我是，也不是。遇到欧文前的三十八年，我是汉娜·霍尔，在那之后我觉得没必要改名。欧文和我结婚一年多了，那段时间，我学会了不去纠正别人，因为他们其实只是想知道我是不是他的妻子。

这当然也是这个孩子想知道的。这么多年来，我一直将人分为儿童和成人两类。但过去一年半的生活，我丈夫的女儿贝莉改变了我的看法。她十六岁，不怎么招人待见。第一次见到充满戒心的贝莉时，我说她看起来比实际年龄要小一些，这是我说过的最糟糕的话。

也许那还不是最糟糕的。最糟糕的是为了和她拉近距离，我开玩笑说我倒希望有人能说我比实际年龄小。我现在知道最好不要和一个十六岁的孩子开玩笑，从那以后贝莉几乎不怎么主动搭理我，而我也不敢再和她轻易搭话，更不用说和她聊天了。

扯远了，说回送信的女孩，她站在门口，穿着脏兮兮的带钉足球鞋晃来晃去。

"迈克尔斯先生要我把这个交给您。"

她伸出手，掌心放着一张折叠的黄色便笺，正面写着"汉娜"，是欧文的字迹。我接过便笺，看着她。"对不起，"我说，"刚才有点走神，你是贝莉的朋友吗？"

"谁是贝莉？"

她俩应该不会是朋友。她明显比贝莉小。但我想不明白。为什么欧文不直接给我打电话而让这个女孩送信？我首先想到的是贝莉出事了，而欧文又走不开。但贝莉在家里，像往常一样躲着我。震撼人心的旋律跃动着从楼梯传下来（今天播放的是卡罗尔·金的音乐剧《美丽》），循环播放的音乐好像在提醒我不要进入她的房间。

"很抱歉。我有点糊涂了……你在哪里看到他的？"

"走廊里。"

有那么一会儿，我以为她说的走廊就是我们身后的空间。但这讲不通。我们住在海湾一种通常被称为船屋的房子里。这种房子在索萨利托很普遍,有四百多栋。生活在其中,眼前所见全是玻璃和风景,人行道就是码头,走廊即为客厅。

"这么说,你是在学校看到的迈克尔斯先生?"

"是啊。"她看了我一眼,好像说"不然呢?","我和克莱尔正要去踢足球,他让我们顺路把这个送过去。我说训练结束后再去。他说,行,然后就给了我们地址。"

像是证明所言不虚,她举起一张写着地址的纸条。"他还给了我们二十块钱。"她补充说。

或许怕我拿回去,她没有将那二十美元举起来。

"不知道是手机坏了,还是怎么了,他联系不上你,看起来很着急。"

"他说他的手机坏了?"

"那我怎么知道?"

这时她的手机响了。她从腰间拿起电话,那东西看起来更像是一个高科技传呼机。难道人们又开始用传呼机了?

卡罗尔·金的音乐。高科技 BP 机。这或许是贝莉不爱搭理我的另一个原因。十几岁孩子的世界我真是不懂啊。

女孩不停地敲着她的手机,早把欧文和她那二十美元的任务抛在脑后了。我一头雾水,也许这是个奇怪的玩笑,但我觉得一点也不好笑。

"再见。"

她朝码头走去,身影越来越小。太阳落入海湾,几颗傍晚的星星照亮了道路。

我走到外面，期待着欧文（我可爱而傻乎乎的欧文）从码头一侧跳出来，足球队其他队员跟在身后咯咯地笑。他们肯定想让我参与这个恶作剧，但那里连个人影都没有。

我关上前门，低头看着那张仍然折叠在手里的黄色便笺。

四周静悄悄的。突然间，我不想打开它，我想这是一个玩笑，一个错误，一件非常无聊的事，但又隐约觉得有什么事已经发生，我却无法阻止。

我展开了便笺。

欧文的话很短，只有一行谜一般的文字：保护她。

格林街往事

我是两年多前认识欧文的。

那时我住在纽约市，距离北加州小镇索萨利托三千英里[①]。旧金山与索萨利托只隔一个金门海峡大桥，但二者却有天壤之别。前者繁华热闹，后者安静得令人昏昏欲睡。十多年来，欧文和贝莉就生活在索萨利托。我以前在曼哈顿生活，我在苏豪区的格林街有一家店面，租金高得吓人。那里既是我的工作室，又是作品陈列室。

每当告诉人们我的工作是做木雕时，他们通常会迷惑不解地做个鬼脸。不管我如何努力描述，他们想到的都是中学木工课。

我是家门出身，自会三分。祖父是一位优秀的木料旋工。记事以来，我就成天看他干活，是他独自将我带大。

我的父亲杰克和母亲卡罗尔对抚养孩子没什么兴趣。

---

① 1英里约为1.6094米。

事实上，除了父亲的摄影，他们对任何事情都不感兴趣。小时候，在祖父的规劝下，母亲还时不时来看我，但父亲于我而言就是一个陌生人。他一年有二百八十天在外奔波，即便稍有空暇，也宁愿蜷缩在田纳西州的苏瓦尼农场，而不是驱车两小时来富兰克林的祖父家看我。我六岁生日后不久，父亲与他刚满二十一岁的助手格温多琳私奔了。母亲丢下我不管，一路追着父亲，要他迷途知返才肯罢休。后来，母亲就将我完全交给祖父照管。

你或许认为这是一个令人心酸的故事。当然，一个孩子被母亲抛弃不是什么好事。但现在看来，母亲毫无歉意地决绝而去却让我学会了许多。她说得很清楚：弱小的我不可能让她回心转意。

我的生活也没有很难熬。祖父沉稳、善良，每天给我做饭，叫我起床，睡前给我讲故事。他还让我看他干活。我喜欢看他如何用车床将一块巨大的木头变成一些神奇的东西。做得不好时，他会从头再来。

这可能是我最喜欢看到的场景——他举起双手说："我们要做就做好，你说呢？"然后另辟蹊径，直到满意为止。祖父对我影响颇深。

他让我懂得并非所有的事都一帆风顺。你要顺其自然，尽力而为。唯一需要记住的是绝不能放弃。

我从未想到自己会在木雕方面取得成功，或者说涉足家具制作并以此为生。祖父就经常做些建筑方面的活计来补贴家用。无心插柳柳成荫，自从我设计的一张餐桌刊登在《建筑文摘》杂志上后，我在纽约市中心就有了一些人气。正如我喜欢的一位室内设计师所说的，我的客户想花很多钱来装饰他们的家，又不想让人觉得奢侈豪华。我制作的那些质朴大方的木制品正好满足了他们的需求。

随着时间的推移，我的客户群在其他沿海城市和度假小镇扩展开来，如洛杉矶、阿斯彭、东汉普顿、帕克城、旧金山等。

我和欧文就是这样认识的。阿维特·汤普森是欧文所在科技公司的首席执行官。他和妻子贝尔是我的忠实客户。贝尔喜欢开玩笑说她是阿维特的花瓶妻子。她实在是太好看了，要不然这个笑话可能会更有趣。澳大利亚出生和长大的她曾是一名模特，比阿维特最小的孩子还要年轻十岁。她和阿维特住在旧金山的别墅中，也时常一个人隐居在位于纳帕谷北端的圣赫勒拿乡村别墅里。两处居所中都有我的作品。

欧文和阿维特来工作室那次之前，我见过阿维特几次。那次他们在纽约参加投资者会议，贝尔让阿维特顺道来看我给他们的卧室制作的卷边边桌与床架等是否搭配。他家的这个床架非同一般，配套的有机床垫就价值一万多美元。

阿维特不太关心装修之类的事，再说他也不懂。和欧文一起进来时，他身穿一身笔挺的蓝色西装，抹了发胶的灰白头发松松垮垮，手机贴在耳朵上。他看了一眼旁边的桌子，随即盖住话筒。

"我看挺好的，"他说，"你说呢？"

没等我回答，他就走了出去。

欧文则被眼前的景象迷住了，先是慢慢扫视工作间，然后边走边看，还不时地停下来端详作品。他个头很高，留着一头蓬松的金发，穿着一双破旧的匡威运动鞋，皮肤晒得黝黑。这一切看起来与他那件花哨的运动夹克很不匹配，给人的感觉就像是冲浪结束后，里面还穿着一件硬挺的衬衣。这样的形象令我困惑。

我意识到自己在盯着他看，正要转身离开时，看见欧文在我最喜欢的作品前停了下来。那是一张当书桌用的农场桌，上面堆满了电脑、报纸和各种小工具，留心才能看到桌子下边的部分。欧文正仔细打量着那块边角微黄、边缘有粗糙金属焊接的坚硬红木。

欧文是第一个注意到这张桌子的顾客吗？当然不是。但他是第一个弯下腰，用手指抚摸锋利金属边沿的顾客，就像我经常做的那样。

他转过身，抬头看着我。"这东西够硬的。"

"试想一下在半夜里撞到它。"

欧文站起来，拍了一下桌子，转身走到我身边。我俩离得很近。那一刻，我一心想着自己身上穿的背心、油漆斑驳的牛仔裤，还有凌乱的发髻。当我们彼此对视时，我有种别样的感觉。

"那么，"他说，"要价多少？"

"实际上，这张桌子是陈列室里唯一不出售的作品。"

"因为它可能会给人们造成伤害？"

"没错。"

这时欧文笑了。笑容照亮了他的脸。这种大方的、孩子般的微笑使他看起来很亲切。我不习惯在曼哈顿市中心的格林街遇到这种情况，甚至怀疑起它的真实性。

"那么，谈判就此结束？"

"但我可以给你看一些其他作品。"

"不如给我讲讲吧？你不妨教我如何做一张类似的桌子，边沿稍微友善些……"他说，"我会签署一份声明书，如有伤害，责任自负。"

我笑个不停。突然间我意识到我们不是在谈论桌子。作为一个最近两年与一个男人恋爱、订婚、直到婚礼前两个星期又意识到自己不可能结婚的女人来说，我非常相信自己的感觉。

"听着，伊桑……"

"欧文。"他纠正说。

"欧文。你的提议很好，"我说，"但我不和客户约会，这是我的原则。"

"好吧，买不起你的东西，也是好事。"

他耸了耸肩，似乎想说改天吧，然后朝门口走去。人行道上踱来踱去的阿维特，正对着电话那头大喊大叫。

11

他快要出门了。我突然很想伸手将他拦住。我想和他说我不是那个意思。

我不敢说这就是一见钟情，却不由自主地想做点什么让他留下。我想在这个有着迷人微笑的男人身边多待一会。

"等等，"我边说边环顾四周，想找个什么东西作为借口，我举着一件客户落下的纺织品说，"这是贝尔的。"

这肯定不是我最好的时刻。正如我的前任未婚夫说的那样，主动靠近某人，而不是抽身走开，完全不符合我的性格。

"我会给她的。"

他径直接过，没有看我。

"郑重声明，我也有一个不约会原则。我是单身父亲，你能理解吧……"他停顿了一下。"但我女儿是个戏剧迷。来纽约，不看场戏，她会不高兴的。"

他指着在人行道上大喊大叫的阿维特。"阿维特肯定不会去的，他要是喜欢才怪了……"

"嗯。"

"那么……你呢？想一起去吗？"

他站在那里，抬起头，看着我。

"我们还是别把它当成约会了，"他说，"只此一回，下不为例。这样我们就都没意见了。只有晚餐和戏剧。很高兴认识你。"

"因为我们的原则？"

他的笑容又浮现在脸上,坦率而大方。"嗯,"他说,"因为我们的原则。"

5

"什么味道?"贝莉问。

我回过神来,发现她站在厨房门口,身上穿着一件厚厚的毛衣,肩上背着一个斜挎包,紫色发夹夹在包带下,看起来很烦躁。

我对她笑了笑,摇晃着手机。一直在联系欧文,但打不通,电话都转到了语音信箱。

"对不起,没看到你在那里。"

她抿着嘴,没有回应。这个女孩虽然有皱眉的习惯,但确实很好看,是那种走进房间就会让人眼前一亮的美人。她看起来不太像欧文。头发紫中带栗,眼睛又黑又亮,深邃迷人。欧文说,她长得像她姥爷,名字也和姥爷的一样。

"我爸爸呢?"她说,"他该开车送我去练球了。"

我顿时紧张起来。口袋里欧文的纸条也仿佛沉重起来。

保护她。

"他应该在路上了,"我说,"我们吃饭吧。"

"什么味道?"

她皱了皱鼻子,好像在确认闻见的气味。

"是你在波吉奥饭馆吃的意大利面啊。"

她白了我一眼,仿佛在说波吉奥不是她最喜欢的餐厅,几周前我们也没有在那里庆祝她的十六岁生日。那天贝莉点了餐厅的特色菜,一种自制的棕色黄油酱多谷物意大利面。欧文给她尝了一点马尔贝克葡萄酒。我觉得她喜欢那意面。也许她喜欢的是和父亲一起喝葡萄酒。

我在盘子里放了一大份意面,将它端到厨房岛台上。

"尝一尝,"我说,"你会喜欢的。"

贝莉盯着我,好像在思量着如果我向她父亲告发她晚饭不好好吃,她是否会惹父亲生气,犹豫再三,她还是跳上了高脚凳。

"好吧,"她说,"我吃点。"

贝莉总是在考验我。这是最糟的。她不是一个坏孩子,对人也没有威胁。但像我这种情况,确实没办法。

有很多理由让一个十几岁的女孩讨厌父亲的新婚妻子。家里只有贝莉和欧文时,气氛很好。父亲是女儿最大的粉丝,这自然是她排斥我的主要原因,当然与初次见面时我搞错她的年龄也不无关系,更不用说搬到索萨利托后不久的一个下午,本该去学校接她的我,被一个客户的电话缠住了。我晚到了五分钟。贝莉是一个严谨的女孩。欧文说他的妻子和女儿能在五分钟内看穿别人——终于找到原因了——在贝莉对我做出判断的那五分钟里,我正在接一个不该接的电话。

贝莉用叉子卷起意大利面,端详着:"看起来和波吉奥的不一样。"

"不可能啊？主厨在我的一番游说后不但把食谱给了我，还建议我到渡口大厦去买他常用的大蒜面包。"

"为了一个面包，你竟然开车去旧金山？"

也许我太迁就她了。

她往前靠了靠，吃了一大口。我咬着嘴唇，期待她发出赞叹声。

但她却她停止咀嚼，伸手去拿水杯。

"你在里面放什么了？"她说，"吃起来就像……木炭。"

"我尝过了，"我说，"很好吃啊。"

我吃了一口。她说得没错。在我对小访客和欧文的字条感到困惑的当口，黄油酱已从略带麦芽味、泡沫丰富的口感变焦，甚至还有些发苦。吃起来真有种木炭的滋味。

"我得走了，"她说，"我要去搭苏兹的车。"

贝莉站起来。我想象欧文站在身后，俯身在我耳边说："慢慢来。"贝莉对我不屑一顾时，他就是这么说的。他的意思是总有一天她会与我和解的，两年半后她就要去上大学了。欧文不明白的是，我不担心她会一直和我隔阂下去，也不盼望她尽快独立成人，只是感觉我俩之间沟通的时间会越来越少。

不要问不想要答案的问题

晚上八点，欧文仍然没有来电话。

我开车左转进入贝莉学校的停车场，然后停在前门的出口处。

我调低收音机音量，又试着打给他，电话转到语音信箱。他离家上班已经十二个小时，小足球明星走后也有两个小时了，发给他的十八条信息全都没有回复。

"嘿，"我在嘟嘟声后说，"欧文，我不知道你怎么了，听到后尽快给我回电，否则我会杀了你的。爱你。"

我挂掉电话，低头看着手机，希望它立即发出嗡嗡声。如果有什么事情耽搁了，欧文总会给我一个很好的解释，这也是我爱他的原因。他是一个遇事冷静的人。我也相信他会处理好今天这种情况的。

我调整了一下车的位置，方便贝莉坐到驾驶座上。然后闭上眼睛，想着各种可能发生的情况，一些无伤大雅、符合情理的情景。他正在开会，忙得焦头烂额。他的手机丢了。他要送给贝莉一个礼物，好让她喜出望外。他正在旅行，想要给我个惊喜。或许他认为这很有趣，却根本没考虑我们的感受。

这时我听到车上收音机里传来欧文技术公司的名字："桑普"。

我以为自己听错了，就将音量调高。全国公共广播电台的主持人继续播报："今天的突击检查是美国证券交易委员会和联邦调查局对该软件公司长达十四个月调查的最终结果。可以确定的是，该公司首席执行官阿维特·汤普森已被拘留。预期指控包括挪用公款和欺诈。接近调查组的人员告诉本台，有证据表明汤普森计划逃离美国，他在迪拜设有私人住所。针对其他高层员工的起诉书将会很快下达。"

桑普。她说的是桑普。

这怎么可能呢？欧文和我说能在那里工作他感到很荣幸，他当初甚至不惜以降薪的方式加入其中。还有很多人从谷歌、脸书、推特等大公司辞职，也降薪加入桑普，甚至为此损失了一大笔钱，因为他们同意用股票、期权代替传统的违约赔偿。

欧文告诉我他们相信桑普正在开发的技术。桑普不是安然公司（Enron）[①]，也不是"滴血验癌"公司

[①] 安然公司，美国最大的天然气采购商及出售商，号称拥有上亿资产，于 2002 年在几周内宣布破产。——编注

17

(Theranos)[1]。这是一家致力于网络隐私的软件公司,旨在帮助人们掌控自己的网络信息,并提供简单易行的方法删除令人尴尬的图片。他们想为互联网的隐私化贡献一份力量。

这里面怎么会有欺诈呢?

电台主持人切换到广告,我伸手拿起手机,打开苹果新闻。

就在我调出CNN商业页面时,贝莉从学校出来了,脸上露出少见的求助的神情。

我下意识地将收音机关掉,放下手机。

保护她。

贝莉很快上了车,坐在驾驶座上,系上安全带,没有和我打招呼,甚至没有回头看我一眼。

"你还好吧?"我问道。

她摇了摇头,紫发从耳后散落下来。我以为她会来一句"难道我看起来不好吗",但她一言不发。

"贝莉?"

"我不知道,"她说,"我不知道是怎么回事……"

这时我才注意到,她身上背的是一个黑色大行李袋。

她将它轻轻抱在腿上,就像抱着一个婴儿。

"那是什么?"

"看看吧。"

---

[1] "滴血验癌"公司,曾经被称为美国最热门的科技公司之一,因造假而涉嫌诈骗,投资者损失惨重。——编注

贝莉把那个袋子扔到我大腿上。

"看吧。汉娜。"

袋子才拉开一点,钱就开始往外冒。一沓又一沓百元大钞用绳子捆住,沉甸甸的。

"贝莉,"我轻声说,"你从哪里弄到的?"

"是爸爸放在我储物柜里的。"

我简直不敢相信。"你怎么知道是你爸爸留给你的?"

贝莉朝我扔过来一张纸条。"你说说我猜得对不对吧。"

我把纸条从腿上拿起来。是一张黄色便笺,与欧文那天让小女孩送过来的一样,正面写着"贝莉",字底下画了两条线。

贝莉:

 一时半会说不清。真的很抱歉。你知道我最在乎的是什么。

 你也知道自己最在乎的是什么。一定要坚持住。

 帮助汉娜。按她说的做。

 她爱你。我们都爱你。

 你是我的全部。

爸爸

盯着纸条,字迹开始模糊。我想象得出欧文和那个穿护胫的女孩见面之前的情景。我想象得出他跑步穿过学校走廊，跑向储物柜，把袋子留给他女儿的情景。

我胸口发热，呼吸困难。

我自认处变不惊。迄今为止，像此刻这样的状况，我经历过两次。一次是意识到母亲再也不会回到我的身边，一次是祖父去世的那天。看着手里的纸条和身边的横财，那种感觉再次袭来。如何解释那种感觉呢？就像我想将自己彻底清理干净。

我吐了起来。

5

我们把车停在码头前的停车位上。

一路上，车窗大开，我拿纸巾捂着嘴。

"是不是又要吐了？"贝莉问道。

我摇摇头。

"这个可能会管点用……"

她从毛衣口袋里掏出一支大麻递给我。

"哪儿弄的？"我问道。

"这在加州是合法的。"

这算是回答吗？对于一个十六岁的孩子来说。

她不想告诉我，但我猜大麻是从鲍比那里拿到的。鲍比是贝莉的学长，算是她的男朋友，有点书生气，人看起来不错，是芝加哥大学的学生会主席。虽然不像贝莉那样染着紫色头发,但他身上有些东西欧文并不喜欢。我常常劝说欧文不要对女儿过于严厉,但鲍比却助长了贝莉对我的不屑。和他在一起后,有时贝莉回到家里就给我脸色看。我尽量不往心里去,欧文却做得不是很好。就在几周前,父女俩起了争执,他说她与鲍比的来往过于频繁,二人闹得不欢而散。这是我唯一一次看到贝莉用通常看我的那种轻蔑眼神看欧文。

"不想要就算了,"她说,"我只是想让你好受点。"

"我没事。谢谢你。"

她把大麻放回口袋,我不再追问。我尽量与贝莉平等相处,避免喋喋不休的教导或训诫。

我把脸转向一侧,心里想着等欧文回家后和他商量,再由他决定贝莉是否要交出大麻。但又突然意识到,欧文都不知道在哪。

"这样吧,"我说,"那个东西我要了。"

她翻了个白眼,但还是把大麻给了我。我把它塞进车子前面的杂物箱里,然后伸手拿起那个袋子。

"我一直在数……"

我抬头看着她。

"这钱,"她说,"每沓一万美元。我数到六十。"

"六十?"

我抓起散落在座位和地板上的钱,将它们放回袋子里,然后拉上拉链。这样她就不用再想这笔巨款了。我们都不用再想了。

六十万美金。

"林恩·威廉姆斯把《每日野兽》上的推文都转贴到她的 Instagram Stories 上，"她说，"其中就有关于桑普公司和阿维特·汤普森的新闻，还有他是如何变成伯纳德·麦道夫那样的人的报道。"

我飞快回想着最近发生的事。欧文的纸条、贝莉的袋子、电台的报道、阿维特·汤普森是主谋……我努力厘清其中的头绪。

就像在错误的时间入睡而做了一场噩梦，醒来被午后的阳光照耀着或被午夜的寒意包围着。迷离恍惚中，你向身边的人，那个你最信任的人寻求安慰。他告诉你这只是一个梦。床下没有老虎，没有人在巴黎的街上追赶你，你没有从威利斯大厦跳下，你丈夫并没有不告而别，他也没有给女儿留下六十万美金。

"情况不清楚，"我说，"即便桑普公司真的参与了某些事情，或者阿维特做了什么违法的事，也不见得和你父亲就有什么关系。"

"那他在哪里？他哪儿来的这么多钱！"

她冲我大喊。她早就想这样了。我理解她。我也想对欧文大喊。

我看了看她，转过身，盯着窗外，码头、海湾，这个陌生小街区里夜色中的房子。

哈恩家的房子就在前面。哈恩先生和夫人正并排坐在沙发上,像往常一样边看电视边吃着冰激凌。

"我现在该怎么办,汉娜?"她说这话时就像在指责我。

贝莉把头发推到耳后,嘴唇颤抖着。她从来没有在我面前哭过。这让我很意外,一时间,我想要伸手抱住她。

我解开安全带,又伸手将她的解开。

"我们进屋去,我打电话联系人,"我说,"肯定有人知道你父亲在哪里。我们现在就去找他,找到后,让他好好解释一下。"

"好。"

她打开车门,走到外面,回头看了看我,目光炯炯有神。

"鲍比一会儿要过来,"她说,"我不会和他说爸爸的事,但我真的希望他在这里。"

这不是请求。就算是,我能拒绝她吗?"你们就待在楼下,好吗?"

她耸耸肩。我俩彼此妥协,达成一致。这时,我看到一辆车在前面停了下来,车灯对着我们闪烁,明亮而刺眼。

我的第一反应是欧文回来了,随即又觉得是警察来了。他们肯定是来搜查欧文参与公司犯罪活动的信息,向我了解他的工作情况和他目前的行踪。就好像我有什么事可以告诉他们似的。

车灯熄灭,一辆亮蓝色的迷你库珀出现在面前。是朱尔斯!

她很快从车上下来，双臂张开，三步并作两步向我们跑来。

她用力地拥抱了贝莉和我。

"你好，亲爱的。"

贝莉回抱了她。虽然是由我介绍她俩认识的，但贝莉喜欢朱尔斯。我的这位老朋友沉稳、大方，与她相处如沐春风。

我没想到她会对我说这么一句话。

"都是我的错。"

好好想想你要什么

"直到现在我都不敢相信发生了这些事。"朱尔斯说。

我们坐在厨房的小早餐桌旁,喝着加了波旁酒的咖啡。朱尔斯正在喝第二杯,超大号运动衫包裹着她的小身板,头发挽成两个低矮的小辫子,看起来有点像她十四岁时的模样——那个我中学第一天遇到的女孩。而她给杯子里悄悄添加波旁酒的样子,也有种少时做了坏事,侥幸逃脱的感觉。

在祖父把我们从田纳西州带到纽约皮克斯基尔(哈德逊河边的一个小镇)后,朱尔斯一家也从纽约搬到了那里。她父亲是《纽约时报》的调查记者,普利策奖得主,但朱尔斯很低调。我们是在遛狗服务机构"幸运者"申请课后工作时认识的。后来我们每天下午都一起去遛狗。两个小姑娘,十五只狗,真是一道风景啊。

我那时是公立中学的新生。朱尔斯在几英里外的一所著名私立学校上学。我们俩一起度过了多少个下午时光啊!直到现在我仍然不能确定,如果没有对方,我们是否能顺利完成学业。远离对方的实际生活,使我们更能向彼此袒露心扉。朱尔斯说过,这就好比你可以对着飞机上的一个陌生人毫无顾忌地诉衷肠。从一开始,我俩的关系就像建立在离地面三万英尺的空中,因远离是非而无比安全。

现在我们都是成年人了,关系依然如故。朱尔斯追随父亲的脚步,在《旧金山纪事报》做一名体育方面的图片编辑。她看着我,神情忧虑,而我望向客厅,贝莉和鲍比依偎在沙发上,低声交谈着,看起来无伤大雅。这是欧文不在时鲍比第一次来我家,也是我第一次独自面对他俩。

我关注着他们的一举一动,同时又装作满不在乎。贝莉觉察到了我的目光,抬头看了看我,面露不悦,然后站起来,故意砰的一声把客厅的玻璃门关上。但我仍然能看到她,这更像一种象征性的摔门。

"我们也有过十六岁的时候。"朱尔斯说。

"但不是那样的。"我说。

"祝福年轻人,"她说,"紫色的头发很好看。"

她示意要往我的咖啡杯里再加一些威士忌,我用手捂住杯子。

"确定不要?很管用。"

"不要,我没事。"我摇头说。

"嗯,对我很管用。"

她又给自己倒了一些,然后移开我的手,加满了杯子。我朝她笑了一下,其实我刚才没怎么喝。我压力太大,就差没站起来冲进客厅，把贝莉拉进厨房，至少有所行动。

"你有警察的消息吗？"朱尔斯说。

"还没有。"我说，"为什么桑普公司的人没来？要是他们来了，我该怎么做？"

"他们在钓大鱼，"她说，"阿维特是他们的主要目标，警察刚刚拘留了他。"

她用手指绕着杯子边缘。我端详着她：长长的睫毛，高高的颧骨，两眼之间的皱纹今天愈发明显。她紧张的样子我非常熟悉。在我们必须说一些对方并不喜欢听的事前，她就是这个样子。这让我想起她看到我的男友纳什·理查兹在黑麦烧烤店亲吻别的女孩时的神态。我对纳什也没有多喜欢，只是那家黑麦烧烤店是朱尔斯和我最喜欢的地方。她把苏打水泼到纳什脸上，经理说以后不许我们再来。

"那么你是要告诉我什么，还是？"

她抬起头。"想听哪部分？"

"你说都是你的错，什么意思？"

她点点头，呼了口气。"我今天早上到《纪事报》办公室时，感觉又有什么事发生了。只要马克斯忘乎所以，就意味着坏消息。谋杀、弹劾、庞氏骗局，诸如此类。"

"马克斯人很好。"

"是啊，嗯……"

马克斯是少数几个仍在《纪事报》工作的调查记者之一，英俊、自负、出色，非常迷恋朱尔斯。尽管她一再

27

说不喜欢他，但事实上却不一定。

"他看起来很得意，在我桌子旁转来转去。我就知道他有料要爆，想看别人的笑话。他和证监会工作的朋友都是兄弟会成员，显然他了解桑普公司的情况。今天下午的突击检查……"

她看着我，不想说下去。

"他告诉我，联邦调查局调查这个公司有一年多了。他们上市后不久，调查人员就得到线报说，该公司的股票在首次公开募股时就被欺诈性地夸大了。"

"我不懂这是什么意思。"

"桑普公司认为他们能够提前完成软件开发，所以过早上市，然后就被套住了，与此同时他们又欺骗人们说，这款软件可以投入使用，实际上还不能。为了补偿并保持高股价，他们伪造了财务报表。"

"他们是怎么做到的？"

"他们还有其他的软件，那是他们的基本业务。但他们的隐私软件，也就是阿维特吹嘘的将会改变游戏规则的软件还没有发挥作用。但他们已经在为潜在的大买家做演示，如技术公司、法律机构等客户。一旦这些公司对此表现出强烈的兴趣，他们就会把它作为未来的销售项目。马克斯说，这与安然公司的做法没有什么不同。他们宣称未来的销售会大赚特赚，从而保持股价上涨的态势。"

我明白她在说什么了。

"同时他们在争取更多的时间来解决这个问题?"

"正是如此。阿维特打赌,一旦软件运作起来,未来的可能性销售就会变成实际性销售。他们用这些假数据作为权宜之计,使股票保持在高点,直至软件问题获得解决。遗憾的是他们还没成功就被抓住了。"

"这就是欺诈?"

"这肯定是欺诈,"她说,"马克斯说这是规模很大的欺诈。股东将损失五亿美元。"

五亿美元。我一头雾水。欧文是大股东。他非常信任桑普公司,也满怀信心地开发着这款软件。公司上市时,他保留了所有的股票、期权,甚至还购买了更多股票。我们会损失多少?我们的大部分积蓄?如果他知道公司的运作出问题了,那他为什么还要将我们的储蓄、我们的未来投资在一个错误的项目上?

或许欧文没有参与欺诈,我心底升起一丝希望。

"所以,如果欧文投资了桑普公司的股票,那就意味着他不知道内情,对吗?"

"也许……"

"听起来不像是也许啊。"

"还有一种可能,他的所作所为和阿维特一样,买入股票是为了帮助提高股价,然后企图在事情败露之前将其抛售。"

"你觉得这听起来像欧文吗?"

"我觉得不像。"

她耸耸肩,不说话了。我感觉她欲言又止。我何尝又没想到呢。欧文是首席程序员,如果有什么人知道这件事,难道不是他吗?

"马克斯说,联邦调查局认为大多数高级职员要么参与其中,要么串通一气。每个人都认定他们可以在别人发现之前解决这个问题。显然,他们已经很接近了。如果不是有人向美国证券交易委员会提供线索,他们都可能已经成功了。"

"谁给他们通风报信?"

"不知道,但警方肯定已经掌握了证据,所以才会突击检查。他们想在阿维特消失之前关闭公司,叫停股票。他已神不知鬼不觉地将价值两亿六千万美元的股票套现……"她停顿了一下,"这已经有好几个月了。"

"老天啊。"

"无论如何,马克斯提前知道了这次突袭。联邦调查局和他达成协议,如果他不提前爆料,他们就会给他关于突袭检查的独家新闻。《纪事报》击败了《泰晤士报》、有线电视新闻网、美国全国广播公司(NBC)、福克斯。他很得意,忍不住告诉我。我不知道……我的第一直觉是给欧文打电话。好吧,我的第一直觉是给你打电话,但联系不上你,所以我就给欧文打了。"

"警告他?"

"对,"她说,"警告他。"

"你为什么说都是你的错?因为他跑了?"

这是我第一次大声说出来。这是明摆着的事。但大声说出来让我感觉好一些。

不用再装模作样了。欧文跑了,他在逃跑。这不是简单的离家出走。

朱尔斯点点头。我咽了一口口水,强忍着泪水。

"这与你无关,"我说,"警告他,你有可能丢掉工作。你是在帮助他。我怎么会因为这个而生你的气?我只是生欧文的气。"我停顿了一下,"我甚至不完全是生欧文的气。我只是想弄清楚他到底在想什么。"

"你想到什么了?"她问道。

"我不知道。也许他想为自己开脱罪责?但为什么要跑呢?他完全可以找个律师,洗清罪名……我只是无法摆脱这种被蒙在鼓里的感觉,你知道吗?他需要我的帮助,而我却毫不知情。"

朱尔斯握着我的手,笑了笑,但又好像和我不在一个思维频道上。我意识到她有所保留。她没有说最坏的情况。

"我知道你在想什么。"

她摇了摇头。"没什么。"

"告诉我,朱尔斯。"

"事情是这样的,我也不能确定,"她说,"我告诉欧文联邦调查局对桑普展开突击检查的时候,他并不感到惊讶。"

"我听不懂你在说什么。"

"我很早就从父亲那里学了一招。了解情况的局内人不可能将自己伪装得像无事人一般。他们会不自觉地忘了问一些明显的问题。如果像你一样被蒙在鼓里，他们就会想知道事情的来龙去脉，就像你刚才那样问个不停……"

我盯着她，等着下文。透过玻璃，我看到贝莉正躺靠在鲍比的胸膛上，手放在他的肚子上，闭着眼睛。

"如果欧文对欺诈行为一无所知，他就会想从我这里得到更多的信息。他也需要更多关于桑普公司的消息。他可能会说，慢点，朱尔斯，慢点。他们认为谁是有罪的？是阿维特独自诈骗，还是人人有份？公司现在什么情况？损失有多大？但他并没有向我打听这些事情，甚至连最基本的问题都没问。"

"那他问你什么了？"

"他说要多长时间才能重见天日。"

二十四小时前

欧文和我坐在码头上,吃着外卖盒里的泰国菜,喝着冰啤。

他穿着运动衫和牛仔裤,光着脚。头顶没有月亮,北加州的夜晚寒冷而潮湿,欧文一点也不觉得冷,我却裹着毯子,穿着袜子和靴子。

我们吃着木瓜沙拉和辛辣的酸橙咖喱。欧文被辣椒辣得泪流满面。

我笑了。"下次点少辣些的咖喱。"

"哦,我能搞定,"他说,"你能搞定,我也能搞定……"

他又吃了一口,努力咽下去,脸涨得通红,赶紧拿起啤酒,大口大口喝起来。

"看到了吗?"

"嗯。"

我俯身亲吻他。

抽回手后,他对我笑了笑,摸了摸我的脸颊。

"可以和你共用毯子吗?"

"当然可以。"

我移过去,把毯子裹在他的肩膀上,感受着他的体温。他赤着脚,却比我暖和10℃。

"说说你今天值得分享的事。"

下班回家晚时,我们会说些白天发生的高兴事。累了一天不想再思考什么人生大事了。

"我有一个很酷的想法,我想给贝莉一个小礼物,"我说,"我打算明晚做棕色黄油意大利面,就是贝莉过生日时我们在波吉奥吃的那个,你不觉得她挺喜欢的吗?"

欧文把我搂得更紧了。"你是在问我,她是否会喜欢这个礼物?还是想知道这样做是不是能让她喜欢上你?"他压低声音说。

"不要这么说嘛。"

"我只想对你们好,"他说,"有你真好。无论给不给她做意大利面,她都会喜欢上你的。"

"你怎么知道?"

他耸了耸肩:"我就是知道啊。"

我没说话,有些不太相信他。我想让他多做些事来拉近我和贝莉的距离,如果他没有这样的打算,至少想让他知道我在尽我所能和贝莉处好关系。

好像听到了我的想法,他把我的头发推到脸上,吻了一下我的脖子。

"不过她真的很喜欢那意大利面,"他说,"你愿意给她做一份,真棒。"

"是吧!"

他笑了笑。"我明天早点下班。你是不是要请一位主厨?"

"我就是啊。"

"把我也算进去,"他说,"任你差遣。"

我把头靠在他肩膀上。"谢谢你,"我说,"好吧。现在轮到你了。"

"我一天中最让人开心的事?"

"嗯。"我说,"不要逃避,现在就说。"

他笑了起来。"你看你多了解我,"他说,"我还真没想过现在就要说。"

"真的吗?"

"真的。"

"那你刚才想说什么来着?"

"六十秒前,"他说,"外面很冷。"

跟着钱走

朱尔斯凌晨两点以后才离开。

她原本说想留下来陪我过夜。我几乎一夜无眠,真应该让她留下来。

我在客厅沙发上躺了大半夜。欧文不在,我不想在卧室睡。我将自己裹在一条旧毯子里,等着天黑,脑子里一遍遍回想着朱尔斯离开前说的话。

我们站在前门,她靠过来抱了我一下。"有件事问你一下,"她说,"你有没有自己的支票账户?"

"有啊。"

"那就好,"她说,"这很重要。"

看着她赞许的笑容,我没说是欧文坚持要这么做的。他提议将我们家的钱存在不同的账户里,但原因从未解释。我想也许他不想干涉我的事情。

"我这样问是因为他们可能会冻结他的资产,"朱尔斯说,"这是他们首先要做的,同时他们也在查找他的下落,调查和他相关的事情。他们总是跟着钱走。"

跟着钱走。

一想到厨房水槽下那个装满钱的袋子，我现在还觉得恶心。欧文很有可能知道他们不会追踪到这笔钱。我没有告诉朱尔斯，因为连我都觉得这袋神秘的钱与欧文是否犯罪脱不了干系，更不用说认定欧文有罪的朱尔斯了，这只会更加让她相信欧文做了违法乱纪的事。她爱欧文就像爱自己的兄弟，但这不是爱不爱的事。欧文在逃跑，他与朱尔斯通话时的表现也很可疑。

除非事实并非如此，除非有我不知道的事。

欧文不会因避躲避牢狱之灾而逃之夭夭，也不会因害怕向我坦白而远避他乡。除非万不得已，他绝对不会丢下贝莉不管。但我如何确定呢？当我对事情的发展有一厢情愿的期盼时，如何能相信自己的判断呢？

我必须亲眼看见事情发生，不放过任何蛛丝马迹。因为我错过了母亲离开的信号，没有目睹那次离别。在那之前，母亲每次都是匆匆忙忙地离开，记不清有多少个夜晚，她不告而别，将我丢给祖父，有时几天或几周都不回来，只是偶尔打一个电话，问候一声。

那次离开时，她并没有说以后不回来了。她在床边坐下，将我的头发从脸上拂开，说她必须去欧洲，父亲需要她，还说我很快就会见到她。她总是来去匆匆，我以为她很快就会回来。但我错了。她说"很快见面"意味着她不再属于这个家,意味着我每年只有两次和她待在一起的时间,从不过夜。意味着我失去了她,而我却错过了这一信号:她并不在乎。

我曾发誓,这样的错过不会再发生在我身上。

我不知道欧文是否有罪,但他丢下我们不管,我很生气。我想他是在乎我的,更重要的是,他爱贝莉。

为了她免受伤害,他才隐遁不见。一定是这样。

一切都归结到贝莉这里。

剩下的只是事情将怎么被讲述而已。

5

柔和温暖的阳光透过没有窗帘的客厅窗户,映衬着海港。

我盯着外面,没有打开电视,也没有打开笔记本电脑查看新闻报道。欧文仍然下落不明。

我上楼去洗澡,发现贝莉的门一反常态地开着。她从床上坐起来。

"嗨。"

"嗨。"她回应了一声。

她抱着膝盖,看起来很害怕。

"我可以进来吗?"

"当然,"她说,"请进。"

我走过去，坐在床边，行动自然得好像我经常这样做。

"昨晚睡得怎么样？"

"睡了一小会。"

透过床单可以看到她的脚趾紧紧蜷缩在一起。我双手紧握，环顾房间，床头柜上堆满了和戏剧有关的书和剧本，还有一个蓝色的小猪储蓄罐，这是欧文在他们搬到索萨利托后不久的一次学校集市上给她买的。

"我一直在想，"她说，"我的意思是……爸爸不会把事情搞得那么复杂，至少他对我从不隐瞒。可以解释一下纸条上他写给我的话吗。"

"你想说什么呢？"

"'你知道我最在乎的是什么'……这到底是什么意思？"

"我想他的意思是，你知道他有多爱你，"我说，"虽然人们现在对他说三道四，但他是个好人。"

"不，不是这样的，"她说，"他应该有别的意思。我了解他。"

"好吧……"我深吸一口气，"那你说说看？"

她摇摇头，说起别的事情。

"我该用那些钱做什么呢？他留给我的那些钱？"她说，"一般来说，人们永别的时候才会给亲人留下那么多的钱。"

她的话让我呆在那里，身上一阵阵发冷。"你父亲会回来的。"

"你怎么知道？"她一脸疑惑。

我试着想出一个安慰性的答案。"因为你在这里。"

"那他为什么不在呢?"她说,"他去哪了呢?"

她因为我给出了一个她不想要的答案而故意怼我。我很生气。不管怎么样,是欧文将我置于如此境地。这难道不是让我像我母亲离开时一样可笑吗?难道不是让贝莉和我一样了吗?我们两个都毫无条件地将自己托付给别人。如果这就是爱,那爱还有什么意义?

"听着,"我说。"我们以后再谈,你该去上学了。"

"我该去上学了?"她说,"你真的这么想吗?"

她没有错。我不该说这样的话。但我又能说什么呢?难道说都是因为你爸爸太爱你了?我已经给欧文打了几十个电话,我不知道他在哪里,更不知道他什么时候回来。

贝莉下床走向卫生间,开始她糟糕的一天。对她来说,离开家去学校,暂时忘记她父亲或许是最好的方法。

保护她。

"我送你去学校吧。"

"无所谓。"

她显然太累了,不想和我争辩。

"很快就会有你父亲的消息,"我说,"事情会弄清楚的。"

"哦,你确定吗?"她说,"哇,真是太好了。"

她的讽刺无法掩饰她的疲惫和孤独。这不禁让我想起了祖父。此时此刻,他一定知道如何安慰贝莉,让她知道有人爱着她。母亲离开几个月后,有一天他发现我在楼上房间里给母亲写信，质问她为何抛弃我，我又生气又害怕地哭着，我永远不会忘记他接下来做的事情。穿着工作服的他摘下厚厚的手套——他专门找人做成紫色的，因为那是我最喜欢的颜色，坐在沙发上，完全按照我的想法来帮我完成这封信。没有妄加评判，只是帮我拼写单词。他耐心地等着，直至我想清楚了如何收尾。然后他把信大声地读给我听。当读到我问母亲怎么能抛弃我时，他停了下来。也许这不是我们要问的唯一问题，他说。也许还应该想想，我们是否真的要继续纠结于此。我们不妨想想，她其实是帮了我们……不管怎样，因为你母亲……你才留在我身边。

祖父的话意外地让我感到欣慰。他现在会对贝莉说什么呢？

"听着，我正在想办法，贝莉，"我说，"很抱歉，老说错话。"

"没事，知道就好。"她边说边关上浴室门。

有人来相助

　　我决定搬到索萨利托时，欧文和我商量如何让贝莉轻松适应我的到来。其实我知道不应该让贝莉搬离她儿时的家。我不希望打断她的生活。这个有着木梁和窗台，以及童话般景色的房子是她的家，这是她的安全港。

　　但这或许适得其反：有人搬进了她最珍惜的空间，而她却无能为力。

　　我尽自己所能不打破原有的平衡与安宁，入住的方式也尽量低调。我只布置了一下和欧文的卧室，唯一重新装修的地方是那个门廊。我在上面摆放了好看的盆栽和古朴的茶桌，还在前门边做了一张白橡木长摇椅，配了条纹枕头，坐上去很舒服。

　　欧文将早晨坐在这张长椅上一起喝咖啡作为我们的周末仪式。当太阳从旧金山湾上缓缓升起，长椅就沐浴在温暖的阳光中。我们会说着一周以来没顾上说的话，开始轻松惬意的一天。

我喜欢这张长椅，经过它时我常常心生暖意。去倒垃圾时，我看到有人坐在上面，吓了一跳。

"垃圾日？"

一个陌生人轻松自在地靠在长椅扶手上。他头戴过时的棒球帽，身穿风衣，手里紧握一杯咖啡。

"需要帮忙吗？"

"正求之不得呢。"他朝我的手示意，"是不是要先把那些东西放下。"

我把袋子扔进垃圾桶，回过头来看着他。他大概三十出头，人很帅，有着结实的下巴和黑色的眼睛。但意味深长的微笑暴露了他的身份。

"你是汉娜吧？"他说，"很高兴认识你。"

"你是谁？"

"我是格雷迪。"

他咬住咖啡杯，示意我等一下，然后把手伸进口袋，掏出一个看起来像徽章的东西。

"格雷迪·布拉德福德，"他说，"叫我格雷迪，也可以叫我布拉德福德副警长，虽然对于我此行的目的来说，这个称呼似乎太正式了些。"

"什么目的？"

"友好的目的。"他笑着说。

我端详着那枚徽章，周边是圆环，中间有一颗星星。

"你是警察？"

"具体来说是美国法警。"

"你看起来不像美国法警。"

"美国法警应该是什么样的?"

"《逃亡者》中的汤米·李·琼斯。"

他笑了。"你说得对。同事中我算是年轻的,但我祖父是法警,所以我很早就干这一行了,"他说,"向你保证,我是合法的。"

"你具体负责什么?"

他收回徽章,站起来,长椅因失去重量而来回晃动。

"嗯,主要是逮捕那些欺骗美国政府的人。"

"你认为我丈夫是那样的人?"

"我认为桑普公司欺骗了美国政府。但我不敢确定你丈夫也做了同样的事。在我评估他是否参与之前,需要和他聊聊,"他说,"但他似乎在逃避。"

不知为何,我觉得他话里有话。

"可以再看看你的警徽吗?"我说。

"512-555-5393。"他说。

"这是你的警徽号码?"

"是分支机构的电话号码,"他说,"你愿意的话,给那里打个电话。有人会告诉你我是谁,几分钟的事。"

"难道我还有其他选择吗?"

他朝我笑了一下。"你总是有得选的,"他说,"和我谈谈吧,我会感谢你的。"

我没什么选择余地。这个格雷迪·布拉德福德，说话慢条斯理，却又训练有素，我不确定他到底是一个什么样的人。无论如何，我很难喜欢上一个向我盘问欧文的人。

"你说呢？"他说，"出去走走吧。"

"为什么呢？"

"今天天气不错，"他说，"而且我还给你买了这个。"

他把手伸到摇椅下面，拿出一杯咖啡，热腾腾的，是刚从弗雷德咖啡店买来的。杯子侧面用大黑字写着"加糖"和"肉桂粉"。他给我带来了一杯咖啡，还是一杯符合我口味儿的咖啡。

我闻了闻，喝了一口。这是自这整个混乱局面开始以来我感受到的唯一的一丝快乐。

"你怎么知道我喜欢喝这种咖啡？"

"一个叫本杰的服务员告诉我的。他说你和欧文周末从他那里买咖啡。你的加肉桂，欧文的是黑咖啡。"

"你这是在贿赂。"

"起作用时才算是，"他说，"否则就是一杯咖啡而已。"

我看着他，又喝了一口。

"我们去街上走走？"

5

我们离开码头，沿着小路，朝市中心走去，瓦尔多角港从远处出现。

"确实没有欧文的消息?"

我想起昨天他在车旁和我吻别,缓慢而缠绵,看起来一点也不急,脸上还带着微笑。

"昨天上班后,就再没见过他。"

"那他没有打电话吗?"

我摇摇头。

"他平常上班时打电话吗?"

"嗯。"

"昨天没有?"

"当时我正在去旧金山渡轮大厦的路上。那一段路手机信号不太好,他可能联系过我,但没有接通。"

他点点头,一点也不惊讶,就像一个经验丰富的侦探,一切尽在掌握中。

"你回来时发生什么事了?"他说,"从渡口大厦回来时?"

我深吸一口气,想了一会儿。我想过要告诉他真相。但我不确定他对那个女孩给我的纸条,以及欧文留给贝莉的纸条和钱会有什么看法。弄清楚之前,我是不会把这些事情告诉一个刚刚认识的人的。

"我不太明白你的意思,"我说,"我给贝莉做了晚餐,她不喜欢吃,之后她就去练球了。我在学校停车场等她的时候,听到国家公共电台播报关于桑普公司的新闻。我们回家后,发现欧文不在。晚上,我俩都没睡好。"

他歪着头，看着我，似乎不相信我说的话。我没怎么在意他的态度。他表情似乎缓和了一下，继续问我。

"那么……今天早上没有电话？"他说，"邮件也没有？"

"对。"

他停了一下，好像想到了什么。

"有人失踪是件了不得的大事，而且还不明不白的，对吧？"

"对。"

"可是……你似乎并不怎么生气。"

我停下来。他好像了解我似的，这让我很恼火。

"对不起，我丈夫的公司被查，他又消失了，你说我应该怎么做才好呢？"我说，"我还做了什么你认为不合适的事吗？"

他想了想说："还真没有。"

我低头看了看他的无名指，上面没有戒指。"我想你还没有结婚吧？"

"没结，"他说，"等等……你是说过去还是现在？"

"有什么区别吗？"

他笑了。"没有。"

"好吧，如果你结过婚，就会明白我最担心的是我丈夫的安危。"

"你怀疑过其中有什么不可告人的事吗？"

我想起了欧文留下的纸条，那些钱，朱尔斯的话。

欧文知道他必须离开。

"我认为他不是被强行带走的,如果你想问这个的话。"

"不完全是。"

"那么你想问什么呢,格雷迪?能不能具体一些?"

"很高兴我们能直呼其名。"

"你到底想要说什么呢?"

"欧文不辞而别,留下你收拾他的烂摊子,还要照顾他的女儿,"他说,"换作我,肯定会很抓狂。但你看起来没那么生气。我觉得你隐瞒了一些事……"

他说这些时,声音急促,眼神深邃,好像变了一个人,不再是和蔼风趣的格雷迪,而是一个地地道道的调查员,而我突然感觉自己就是他眼中的嫌疑人。

"如果欧文和你说过他要去哪里,为什么要离开,请告诉我,"他说,"这是你保护他的唯一办法。"

"这就是你来这里的主要目的吗?"

"没错。"

这话比他刚才调查员做派的言谈举止还要让我感到紧张。

"我该回家了。"

格雷迪·布拉德福德离我很近,我感觉有些不自在,不禁加快脚步往前走。

"你需要找个律师。"

我转身对着他。"什么?"

"事情是这样的,"他说,"欧文现身之前,人们肯定会问你一大堆关于他的问题,而你没有义务回答他们,让他们去问律师就行了。"

"那我就实事求是,告诉他们我不知道欧文在哪里,而且也没什么可隐瞒的。"

"事情没那么简单。人们会给你提供各种信息,让你觉得他们是站在你这边的,或站在欧文这边的。但事实上,他们只站在自己这一边。"

"你就是这样的人?"

"没错,"他说,"但我今天早上确实替你给托马斯·谢尔顿打了个电话。他是我的一个老朋友,在加州从事家庭法方面的工作。我只是一方面想确保你不受伤害,另一方面想防止这段时间突然有人冒出来寻求对贝莉的临时监护权。托马斯会动用关系确保临时监护权授予你。"

我长出一口气。这种情况再持续下去的话,我确实有可能会失去贝莉的监护权。她的祖父母已经去世,也没有其他近亲,我和她又不是血亲,而且没有收养她,政府可以随时将她带走,至少要等确定了她的法定监护人在哪里,他为什么丢下孩子不管。

"他有权力这样做吗?"

"他有。而且他会去做的。"

"为什么?"

"因为我要求他这样做。"他耸耸肩。

"那你为什么要帮我们？"

"要不然你怎么会信任我呢。你最好静观其变，找个律师。"他说，"有认识的律师吗？"

我想到了城里的一位律师。我实在是不想和他打交道，尤其是现在。

"倒霉啊，还真认识一位。"

"好吧，给他打电话，然后静观其变。"

"你想再说一遍吗？"

"不说了，说得够多了。"

说完他面露微笑，调查员的神情一扫而光。

"欧文没用过信用卡，没用过支票，二十四小时内没有购物。他很聪明。你不用再给他打电话了，他肯定把手机扔了。"

"那你为什么老问他有没有打电话？"

"他可以用其他电话，"他说，"那种一次性手机，很难追踪到。"

一次性手机，书面记录。为什么格雷迪要把欧文说得像个犯罪主谋？

我正要问，但他按下车钥匙上的按钮，街对面的一辆车亮起了灯。

"不耽搁了，你还有很多事情要处理，"他说，"要是联系到欧文，告诉他，愿意的话我可以帮他。"

然后他递给我一张餐巾纸，上面写着他的名字，格雷迪·布拉德福德，下面还有两个电话号码。其中一个标记着手机号。

"我也可以帮你。"

他过马路上车时，我把餐巾纸装进口袋，迈步走开。听到他发动车的声音，我突然想到了什么，向他走去。

"等等。你怎么帮我呢？"

"你说什么？"他把车窗降下来。

"你能帮我吗？"

"没问题，"他说，"帮你度过眼下这一关，不是什么难事。"

"那难的是什么呢？"

"欧文不是你想的那种人。"说完他就走了。

这些人不是你的朋友

我回到屋里,赶紧拿起欧文的笔记本电脑。

我不会干坐在那,格雷迪欲言又止的话让我担忧。他怎么会知道那么多欧文的事?过去一年多的时间里,除了阿维特,他们可能也密切关注着欧文。格雷迪帮我处理贝莉的监护权,给我种种建议,难道是想套我的话?让我告诉他一些事情?

我说漏嘴了吗?回想一遍和他的谈话,应该没有。但不管是格雷迪,还是其他人,以后不敢再冒险这么做了。我得先弄清楚欧文是怎么回事。

我在码头左转,朝工作室走去。

我得先去一下欧文的朋友家,虽然不想去,如果有谁知道欧文在想什么,知道我可能错过了什么,那就是卡尔。

卡尔·康拉德是欧文在索萨利托最好的朋友,但我和欧文对他的看法不太一样。欧文觉得我对他有偏见,也许他是对的。卡尔风趣、聪明,从我来到索萨利托的那一刻起就完全接纳了我。但他经常欺骗妻子帕特里夏。我不想知道他的那些事，欧文也不想知道，但他说这不妨碍他们成为好朋友。

欧文就是这样的人。他很看重他在索萨利托结识的第一个朋友。他对待工作也是这样，一旦喜欢就全身心投入。但也许出于别的原因，他才不对卡尔妄加评判，一如卡尔给他保守秘密。

即使这个猜测是错误的，我仍然需要和他谈谈。

因为卡尔也是我在城里唯一认识的律师。

我敲了敲门，没人应答。

很奇怪，卡尔居家办公。他喜欢待在孩子身边，两个小孩通常在这个时候午睡。我们第一次出去玩的时候帕特里夏跟我讲她的育儿经验，其中一条就是严格坚持作息时间表。她说如果还能生孩子，坚决不能任由他们胡来，一定要让他们知道谁才是老大。她规定孩子们必须每天中午十二点半午睡。有趣的是，那时她才刚过完二十八岁生日。

现在是十二点四十五分。如果卡尔不在家，为什么帕特里夏也不在？

透过客厅的百叶窗，我看到卡尔站在那里，躲在百叶窗后面，等着我离去。

我再次敲门，用力按着门铃。我打算就这样按下去，直至他让我进去。孩子们是睡不成了。

卡尔打开门，手里拿着一瓶啤酒，头发梳得整整齐齐。我一眼就看出肯定出问题了。卡尔通常不梳头，他说这看起来很性感。他的眼神也很奇怪，不知是激动，还是恐惧，抑或兼而有之。他竟然躲着我。

"搞什么鬼，卡尔？"

"汉娜，赶紧走吧。"

他很生气，但没道理啊？

"就一分钟。"

"现在不行。"

他要关门，我拉住不放，力量大得我俩都感到惊讶，门随即脱离他的手，开得更大了。

这时我看到帕蒂站在客厅门口，怀里抱着女儿萨拉，二人都穿着佩斯利连衣裙，黑发也都向后梳成柔软的辫子。母子装，发型一样。很明显，帕蒂想让人们看到一个同样体面的、小版本的自己。

在他们身后的客厅里，十几个父母和幼儿在观看一个小丑制作动物气球，小丑头顶挂着"生日快乐，萨拉"的横幅。

这是萨拉的第二个生日派对。我完全给忘了。我和欧文本该在这里庆祝的，但现在卡尔却不愿给我开门。

帕蒂疑惑地招了招手。"你好……"

我挥手回应。"嗨。"

卡尔回头朝我走来。他的声音很有控制力，也很客气。

"我们以后再谈。"

"我忘了,卡尔。很抱歉,"我摇摇头,"我不是来这里捣乱的。"

"算了吧,走吧。"

"我会走的,但是……你能不能出来和我谈谈,就几分钟?事情很急,我需要一个律师。桑普公司出事了。"

"你以为我不知道吗?"

"那你为什么不跟我说?"

他还没来得及回答,帕蒂就朝我们走来,顺手把萨拉交给卡尔,并在他脸颊上亲了一下。

"嗨,"她打了声招呼,也吻了一下我的脸颊,"很高兴你能来。"

我压低声音。"帕蒂,很抱歉闯入你们的派对,欧文出事了。"

"卡尔,"帕蒂说,"带大家到后面去,好吗?该去吃冰激凌圣代了。"

她看向来宾,面带微笑。

"大家和卡尔一起到后面去吧。你也是,小丑先生。冰激凌时间到了。"

然后她才回头朝我走来。"我们到前面去谈,好吗?"

我说我找的是卡尔,但帕蒂把我推到前廊上,关上那扇厚厚的红门,然后转身看着我,目光炯炯。她的笑容消失了。

"你还敢来这里。"

"我忘了聚会的事。"

"去他的聚会,"她说,"欧文伤了卡尔的心。"

"伤了他的心……怎么回事?"

"也许是因为他骗走了我们的钱?"

"你在说什么呢?"

"欧文没跟你说吗?他说服我们参与桑普公司的首次公开募股,说他们的股票升值空间很大,却没提他们的软件还不能用。"

"帕蒂……"

"现在我们所有的钱都砸在桑普公司的股票上了。我上一次查看时,这只股票已经跌到了十三美分。"

"我们的钱也在那里。如果欧文知道内幕,那他为什么还要这样做?"

"也许他觉得会侥幸逃脱,也许他就是个该死的白痴,我怎么知道呢?"她说,"你现在最好离开这里,否则我就报警。"

"我理解你为什么生欧文的气,我也很生气,但卡尔也许能帮我找到他,这是解决问题的最快方式。"

"除非你是来给我们的孩子支付大学学费的,否则我无话可说。"

我一时语塞,但她回屋前必须说点什么。卡尔刚才的神情和表现让我疑窦丛生。他可能知道欧文的一些事。

"帕蒂,不要急,好吗?"我说,"和你一样,我也被蒙在鼓里。"

"你老公伙同他人欺诈五亿美元,我能相信你吗?"她说,"但如果你说的是真的,那你就是世界上最大的傻瓜,连自己的老公都没认清。"

帕蒂怀孕时,卡尔一直在和他的同事偷情,但现在告诉她好像不太合适。爱情蒙蔽了我们的双眼,只不过各人傻的方式不同而已。

"别指望我会相信你。"

"真要是你说的那样,那我来这里做什么?"

她歪着头,不说话。这句话击中了她。她好像意识到了什么,表情柔和了一些。

"回家去看贝莉吧,"她说,"赶紧回去吧,她需要你。"

她朝屋子走去,随即停了一下,回头对我说:"告诉欧文,让他去死吧。"说完就关上了门。

5

我快步走向工作室。

转入利托街,经过莉安·沙利文的家时,我低着头,假装在看手机。我瞥见她和她丈夫坐在前廊上,喝着午后柠檬茶。我没有像平时那样停下来向他们问好,或一起喝一杯。

工作室就在他家隔壁一个不大的工匠屋里，面积两千八百平方英尺，有一个我在纽约时梦想拥有的后院。格林街的工作室太小，每次坐地铁到朋友在布朗克斯区的仓库完成作品时，我都会梦想拥有这样一个空间。

踏入工作室，似乎轻松了不少。我关上门，没有往里走，而是绕到后院，在我喜欢做文书工作的小桌旁坐下，打开了欧文的笔记本电脑。我将格雷迪·布拉德福德从我的脑海中赶走，将帕蒂的愤怒赶走，去他的卡尔。不指望别人。在索萨利托我最喜欢的地方，我感到一种莫名的平静，甚至黑进我丈夫的电脑也觉得无比寻常。

我打开电脑，输入密码，点开图片文件夹，里面有几百张贝莉小学和初中时的影像，包括她在索萨利托的生日照片。我已经看过这些照片很多次了。欧文喜欢讲述他们生活中我错过的事情。贝莉的第一场足球比赛，踢得很糟糕；贝莉二年级时的学校演出，表现很出色，诸如此类。

贝莉幼年时的照片很少，那时他们还住在西雅图。

我点开一个名为 O.M. 的文件夹。

这是欧文的第一任妻子、贝莉的母亲奥利维亚·迈克尔斯的文件夹。

奥利维亚·迈克尔斯原名奥利维亚·纳尔逊，中学生物老师，花样游泳运动员，欧文的普林斯顿大学校友。这个文件夹里只有十来张照片。欧文说奥利维亚不喜欢拍照。照片里的人高而瘦，一头红色的及腰长发，一双深深的酒窝,她看起来永远都像十六岁。

她更漂亮,别致。但如若忽略一些细节,就会发现我俩确实长得很像。身高、长发(我的是金发),甚至笑容都有些神似。欧文第一次给我看她的照片时,我说过这些相似之处,但他并不认同,还说如果见到她本人,我就不会这么认为了。

照片或许有误导性。因为除了一张我最喜欢的照片外,奥利维亚似乎与贝莉没有多少相似之处。这张照片中,奥利维亚坐在码头上,身穿牛仔裤和白色衬衫,一只手放在脸颊上,大笑着向后仰去。尽管肤色不太一样,但笑容与贝莉十分相像。昔日的一家三口浮现在我的脑海。

我触摸着屏幕,想问她,关于她的女儿、我们的丈夫,我错过了什么。她肯定比我知道得更清楚——一定是的,我感觉受到了伤害。

我深吸一口气,点开了名为"桑普"的文件夹,里面有五十份文件,都是关于代码和 HTML 程序的。如果代码中有某种线索,单凭我是很难发现的。我做好标记,回头找人帮忙。

奇怪的是,这个文件夹里有一份名为"最新遗嘱"的文件。打开文件后我如释重负。立遗嘱的日期在我们婚后不久。欧文曾给我看过它,内容没有变化。或者说几乎没有变化——除了欧文的签名上面还有一行我未曾留意的小字,这行字之前就存在了吗?上面写着遗嘱管理者的名字:

59

L. 保罗，一个我从未听说过的人。没有地址。没有电话号码。

L. 保罗。这个人是谁？我在哪里见过这个名字？

我在笔记本上写下了 L. 保罗，这时身后传来一个女人的声音。

"找到什么有趣的东西了吗？"

我转身，看到一个年长的女人站在后院口，身边站着一个男人。她身穿深蓝色套装，灰色的头发紧紧挽成马尾。男人则穿着一件皱巴巴的夏威夷衬衫，眼袋很重，胡须浓密，看起来比她还要老，尽管我怀疑他的年龄和我不相上下。

"你们来这里干什么？"

"我们按前门门铃了，"那人说，"你是汉娜·霍尔吗？"

"能不能先解释一下你们擅自闯进来是什么意思？"

"我是联邦调查局探员杰里米·奥马基，这是我的同事娜奥米·吴探员。"

"叫我娜奥米。希望能和你谈谈？"

我下意识地关了电脑。"我现在不想谈。"

她给了我一个甜得虚假的微笑。"就几分钟，"她说，"完事我们就走。"

他们走上楼梯来到露天平台，在小桌子另一边的椅子上坐下。

娜奥米把她的徽章从桌子那头推过来，奥马基也照做。

"希望没打扰到你。"娜奥米说。

"希望你们没有跟踪我。"我说。

娜奥米打量着我,显然对我的语气感到惊讶。我很恼火,同时担心他们会拿走欧文的电脑。

我想到了格雷迪·布拉德福德的警告。不要回答任何你认为不应该回答的问题。

杰里米·奥马基伸手拿回徽章。

"我想你知道我们正在调查你丈夫所在的技术公司?"他说,"希望你能提供一些关于他下落的信息。"

我把电脑放在腿上,护着。

"我很想帮你们,但确实不知道他在哪里。从昨天开始就没见过他。"

"这不是很奇怪吗?"娜奥米说,好像她刚想到这个问题,"没有看到他?"

我盯着她,一字一顿地说:"千真万确。"

"如果知道你丈夫从昨天起就没有用过手机或信用卡,你不会感到惊讶吗?"她说,"而且也没有留下任何书面记录。"

我没有回答。

"你知道原因吗?"奥马基说。

我不喜欢他们看我的眼神,就好像已经认定我对他们有所隐瞒,我不需要这样的启发或提醒。呵,我还真希望能对他们有所隐瞒。

娜奥米从口袋里掏出一个记事本,翻开一页。

"我们了解到你一直在与阿维特和贝尔·汤普森做生

61

意,"她说,"过去五年里他们与你做了十五万五千美元的生意?"

"我不知道这个数额是否正确,但他们确实是我的客户。"

"昨天阿维特被捕后,你和贝尔谈过吗?"她说。

我想了一下在她语音信箱里留下的信息。有六条,但都没回复。我摇摇头说没有。

"她没有给你打电话?"他说。

"没有。"我说。

她歪着头,思索着。"你确定吗?"

"我知道自己跟谁说过话。"

娜奥米像朋友般朝我靠过来,说:"我们希望你能如实说,不要像你的朋友贝尔那样。"

"什么意思?"

"这么说吧,她从北加州不同的机场购买了四趟飞往悉尼的航班,想要悄悄离开美国。这能让人相信她是无辜的吗?"

我小心翼翼,不做任何反应。阿维特入狱了?贝尔想溜到她以前的家里去?而欧文消失了,他很聪明,做事情通观全局。我很难相信他对这一切毫不知情。

"贝尔和你讨论过桑普公司的事吗?"娜奥米问道。

"她从未对我说过阿维特工作方面的事,"我说,"贝尔对公司的事不感兴趣。"

"这倒和她说的一致。"

"贝尔在哪儿?"

"在圣赫勒拿家里,她的护照在律师手里。她说听到阿维特被指控,感到很震惊。"他停顿了一下,接着说,"根据我们的经验,丈夫违法犯罪,妻子通常都会有所了解。"

"那可不一定。"

娜奥米没理会我的回答,插话说:"你要知道,总得有人替欧文的女儿着想。"

"我监护她。"

"好啊。"她说,"很好。"

这话我怎么听起来更像是威胁呢,似乎他们可以把贝莉带走。格雷迪不是向我保证过他们不会这样做吗?

"我们要和贝莉谈谈,"奥马基说,"等她放学回家后。"

"不行,"我说,"她对她父亲的行踪一无所知。她想一个人待着。"

奥马基同样不客气地说:"恐怕这不是由你决定的,我们现在就可以安排,或者我们今晚来你家。"

"我们已经聘请了法律顾问,"我说,"如果你想和她谈,需要先联系我们的律师。"

"谁是你们的律师?"娜奥米说。

"杰克·安德森。他在纽约。"我不假思索地说。

"好吧,让他联系我们。"她说。

我一边点头,一边想着对策,决不能让他们带走贝莉,这是最重要的事。

"听着,我知道你们在例行公事,"我说,"但我很累,我今天早上也和美国法警说过了,我没有多少有用的信息可以给你们。"

"哇……哇,什么?"奥马基说。

我看着他,而娜奥米的笑容瞬间消失。

"今天早上法警来找我,"我说,"我和他已经讨论过这个问题了。"

他们互相看了看。"他叫什么名字?"奥马基问。

"你是说法警的名字?"

"对,"他说,"他叫什么?"

娜奥米抿着嘴看着我,我的话显然让她措手不及。我决定不说实话。

"我不记得了。"

"你不记得他的名字?"

我没说话。

"你不记得今天早上来你家的法警的名字,你确定?"

"我昨晚没睡好,脑袋有些迷糊。"

"法警给你看他的警徽了吗?"奥马基说。

"看了。"

"那你知道美国法警的徽章是什么样子的吗?"娜奥米说。

"我有必要知道吗?"我说,"你的问题倒是提醒了我,我也不知道联邦调查局的徽章是什么样子。我是不是也要确认一下你们的身份再谈下去?"

"我们只是有些疑惑。因为这个案子不在美国法警的管辖范围内,"她说,"所以需要确定今天早上到底是谁在和你说话。没有我们的批准,他们是不能来这里的。他们是不是威胁过欧文?你应该明白,如果欧文的参与度很低,那他就可以通过作证指控阿维特,达到将功赎罪的目的。"

"没错,"奥马基附和着说,"他甚至都不是嫌疑人。"

"不是嫌疑人?"

"他不是这个意思。"娜奥米说。

"我的意思是,"奥马基说,"既然欧文还没有被定性为嫌疑人,那你就没理由和法警交谈。"

"有趣的是,那个法警也说过不要和你们谈话。"

"是吗?"

娜奥米振作起来,笑了笑。"我们重新开始吧?"她说,"从某种意义上说,我们三个现在就像是一个团队,但以后,如果有人突然出现在你家门口,你可能希望律师在场。"

我也笑了一下。"好主意,娜奥米。那我从现在开始就要付诸行动了。"

然后指着大门,请他们离开。

不要拿这个对付我

确定联邦调查特工已走后,我离开工作室向码头走去,怀里紧紧抱着欧文的电脑。经过小学时,正赶上孩子们放学。

似乎有目光落在我身上,我抬头发现家长们正朝我这边看,带着关切和怜悯。这些人都爱欧文,单凭新闻中看到欧文公司的名字不足以使他们认为欧文是坏人。小镇就是这样,人们保护自己人,让他们背弃所爱之人并不容易。

当然,让他们接纳新人也很困难。直到现在他们仍不确定是否要让我融入。刚搬到索萨利托时,情况更糟糕。他们出于各种原因带着好奇心审视我,无所顾忌地打听我的情况。贝莉听到后回家会转述给我。欧文娶的这个外地人是谁?索萨利托的黄金单身汉怎么会因为一个刻木头的人告别单身?那个木匠,一个不化妆、不穿时髦鞋子的女人。他们说,欧文选择这样一个女人真是太奇怪了。虽然面容清秀,但快四十岁了,可能不会再给他生孩子了,而且很显然,这个女人还没想好如何居家过日子。

他们并不了解我。我由祖父带大，独自生活没有任何问题。但当我想要融入别人的生活，甚至不得不放弃一部分自我时，问题就来了，所以我一直没有结婚，直到欧文出现——我和欧文如此合拍，一切都太顺利了。

我回到家，锁上门，拿出手机，找到杰克的号码。此刻我实在不想和他说话，但还是拨通了电话。

"我是安德森……"他接起电话时说。

他的声音把我带回了格林街，星期天默瑟厨房里的洋葱汤和血腥玛丽酒，那种完全不同的生活。杰克·布拉德利·安德森，密歇根大学法学博士，铁人三项运动员，烧得一手好菜，我的前未婚夫，他接电话时总是这副腔调。

距离我们上次通话已有两年，但他的问候依然如此自大。他喜欢这种感觉，常常不加掩饰地表现出来。考虑到他的职业，也不难理解。他是华尔街一家律师事务所的诉讼律师，有望成为最年轻的高级合伙人之一。虽然不是刑事律师，但他的判断敏锐而迅速。此刻我希望他的狂妄自大能帮到我。

"嘿，你好。"

他没有问是谁。他知道我是谁。他也知道我肯定有求于他。

"你在哪里？"他说，"在纽约吗？"

我给杰克打电话说我要结婚时，他说总有一天我会回来找他的，他对此深信不疑。显然，他认为今天我来找他了。

"索萨利托。"我停顿了一下,害怕说出我不想说的话,"我需要你的帮助,杰克。我需要一个律师……"

"所以……你要离婚了?"

我克制着不让自己挂断电话,杰克总是这么口不择言。尽管我取消和他的婚礼时,他松了一口气,尽管四个月后,他结婚了(很快又离婚了),但他还是喜欢在我们的关系中扮演受害者的角色。他坚持认为年幼时遭到父母的抛弃给我留下了心理阴影,使我不敢接纳他。他以为我害怕他像我父母一样离去。他不明白,我并不害怕有人离开我,我害怕的是错误的人留在身边。

"杰克,给你打电话是因为我丈夫,"我说,"他摊上大事了。"

"他做什么了?"

杰克是我可以指望的最好人选,所以我把事情的前前后后都跟他讲了一遍。我告诉他似乎没人知道欧文在哪里,或接下来他有什么打算,尤其是贝莉和我。

"他女儿……和你在一起?"

"贝莉,对,和我在一起。这孩子不太愿意跟我。"

"这么说,欧文也离开了她?"

我没有回答。

"她的全名是什么?"

我听到他在电脑上打字、记笔记,想象着他像曾经那样正在做一个摊在我们客厅地板上的大图表,而欧文的名字肯定在靶心。

"首先，联邦调查局事先并不知晓美国法警署的人去找你谈话，这你不用太担心。他们可能都在对你撒谎。不同的执法机构之间经常会有地盘之争，特别是调查范围不明确时。美国证券交易委员会那边有什么消息吗？"

"没有。"

"会有的。你应该让执法人员来找我，至少在我们搞清楚情况之前。你什么都不要说，让他们直接给我打电话。"

"谢谢你。"

"不用和我客气，"他说，"问一下……你对这件事有多上心？"

"他是我丈夫，我非常关切。"

"他们会带着搜查令去你家的，"他说，"我很惊讶他们还没有那样做。所以，如果家里有什么牵连到你的东西，一定要拿走。"

"我不可能受到牵连，"我说，"这件事和我无关。"

想到有人带着搜查令来我家，想到他们会发现藏在厨房水槽下面的那个袋子，我不由得焦虑起来。

"杰克，我只是想弄清楚欧文在哪里。为什么他觉得唯一的出路是离开。"

"首先，他不想进监狱。"

"不，不是这样的，他不会因为这个而逃跑。"

"那么你的理解是？"

"他想保护女儿。"

"保护她什么?"

"我不知道。也许他认为如果自己被诬告,会毁掉女儿的生活。也许他正想方设法证明自己是无辜的。"

"不太可能。但……有可能是因为其他事情。"

"比如?"

"比如他犯下了更糟糕的罪行。"

"有道理,杰克。"

"听着,我不想粉饰这件事。欧文或许不是在和桑普公司撇清关系,而是害怕桑普公司揭露他不可告人的秘密。问题是会是什么事呢?……"他停顿了一下,"我认识一个私人侦探,水平很高,人也不错。我会请他做一些调查工作。但我需要你把欧文的全部资料用电子邮件发给我。所有你知道的东西,他在哪里上学,哪里长大,还有相关日期,以及他女儿的出生时间和出生地点,等等。"

我听到杰克在咬钢笔,这是他的习惯。虽然这个行为显得他不是那么信心十足,但没人能猜透他脑袋里在想什么。我的脑海中已经浮现出我坐在那里,盯着被他咬坏的笔帽的画面。你离开一个人后仍对他如此了解,真是一件可怕的事。

"还有,随身带着手机,我可能会随时联系你。不要接听陌生来电。"

我想到格雷迪说欧文把他的手机扔掉了,但只有用他的号码打来，我才知道是他。

"如果是欧文打来的呢？"

"欧文现在不会打电话的，"他说，"你知道的。"

"我不知道。"

"你知道的。"

我没有说什么。

"你需要弄清楚他逃跑的具体原因，我觉得他不仅仅是想要保护女儿……"他说，"越快越好。联邦调查局不会一直和你客客气气的。"

想到联邦调查局咄咄逼人的询问，我开始有些头晕。

"你在吗？"

"在。"

"不过……保持冷静。你比自己想象的要坚强得多，你知道如何度过这一关。"

他的话差点让我哭了。他说话的方式甜蜜而坚定，是杰克版的深情厚谊。

"但以后，"他说，"不要说某人是无辜的，好吗？如果你非要说的话，就说他是无罪的。说某人是无辜的会让你听起来像个白痴。尤其是大多数人都他妈的有罪。"

确实是这么回事。

六周前

"我们要给自己放个假,"欧文说,"早该去度假了。"

当时是午夜。我俩躺在床上,他握着我的手,一会儿放在胸前,一会儿放在肚子上。

"咱们去奥斯汀吧,"我说,"计划还算数吗?"

"奥斯汀?"

"我跟你说过木刻座谈会的事。来一场私奔,在得克萨斯山里好好玩几天……"

"奥斯汀?可你没和我说是在奥斯汀……"

他点了点头,好像在考虑去还是不去,我隐约觉得他有点不对劲。

"怎么了?"

"没什么。"

他放开我的手,把玩着结婚戒指,把它在手指上一圈又一圈地绕着。他的那枚婚戒是我做的,和我的一模一样,细细的戒圈,从远处看闪闪发光,和铂金戒指没什么两样,更质朴而优雅,是我用最小的车床做的,用料是拉丝钢和厚白橡木。做的时候欧文就坐在沙发上看着。

"贝莉的学校也快组织去萨克拉门托旅行了,"他说,"我们可以去新墨西哥州,就我们两个,快乐地迷失在大白岩石中。"

"太好了,"我说,"我很久没去过新墨西哥州了。"

"我也是,大学毕业后就再没去过。我们开车去了陶斯,在山上待了一个星期。"

"你从新泽西一路开车过去?"我问道。

他不停地转动着戒指,心不在焉。"什么?"

"你从新泽西一路开到新墨西哥?花了很长时间吧。"

他停下来。"不是在大学期间。"

"欧文!你刚才说大学期间去过陶斯。"

"我不知道,不知是哪里的一座什么山,也许是在佛蒙特州。我只记得空气很稀薄。"

我笑了起来。"你怎么了?"

"没什么。就是……

我看着他,等待下文。

"它让我想起了那段奇怪的生活。"

"大学?"

"大学。大学毕业后。"他摇了摇头,"当时我们困在一座山上,记不清了。"

"嗯……这是你和我说过的最奇怪的事。"

"哦。"

他坐起来，开了灯。"该死，"他说，"我确实需要度假。"

"那我们就去吧。"

"好，一言为定。"

他又躺下来，把手放在我的肚子上。我感觉他又放松了，又回到了我身边。我不想逼他跟我分享那些陈年旧事。

"过去的事都过去了，谁没有过去？"我说，"我上大学时，大部分时间都在琼尼·米歇尔的翻唱乐队里弹吉他，参加诗歌朗诵会，和一个哲学研究生约会，当时他正在写一份宣言，是关于政府如何通过电视控制革命的。"

"他的想法也没错。"他说。

"是没错。不过，就算你把过去的一切都告诉我，也不能改变什么，至少不能改变我俩的关系。"

"嗯，"他低声说，"感谢上帝。"

贝莉糟透的一天

贝莉放学回家，看起来很痛苦。

我在长椅上喝着红酒，腿上盖着毯子，想着白天发生的事。这一整天欧文都缺席了，简直就像在做梦。愤怒、悲伤、压抑、孤独一并涌上我的心头。

她低着头，穿过码头，走到房子前，在我面前停下。眼神炽热。

"我明天不去了，"她说，"我不去学校了。"

她的眼睛好像一面镜子，映射出我们的恐惧。没想到我和贝莉竟然到了如此地步。

"关于我爸爸，关于我，他们假装只字不提，私下却说个不停，还以为我听不到，这比当着我的面说还要糟糕。"

"他们说什么了？"

"你想听哪一部分？"她说，"是布莱恩·帕杜拉化学课后问鲍比我父亲是不是罪犯？还是鲍比为此打了他一嘴巴？"

"鲍比打他了？"

"对……"

我点点头,对鲍比有点印象。

"后来,情况变得更糟。"

我挪了挪,腾出空间。她坐在椅子边上,随时都会站起来的样子。

"那你为什么不明天翘课呢?"

她惊讶地看着我。"真的?"她说,"你都不打算和我吵?"

"这有用吗?"

"没有。"

"这一天够烦人的了,明天不用去学校了。"

她点点头,咬着指甲。"谢谢你。"

我想把她的手从嘴边拿开,握住它。我想告诉她,无论如何,一切都会好起来的。但这些能够给她安慰的话或许不管用了。

"今天没力气做饭了,我点了外卖,两个蘑菇和洋葱奶酪披萨,半小时左右送到。"

看她面露喜色,我忽然知道要问她什么了。我希望她能帮我弄清和杰克通话后困扰我的事。

"贝莉,"我说,"我在想你之前问我的问题,关于你父亲信中那句话的意思。我想他的意思是你知道什么是最重要的……"

她叹了口气,显然太累了,眼睛都懒得眨一下。

"我知道,爸爸爱我。你理解的没错。"

"也许我错了，"我说，"也许他有别的意思。"

她困惑地看着我。"你说什么？"

"也许他这么写是因为你知道些什么，"我说，"你知道一些他想让你记住的事情。"

"我知道什么呢？"

"你想想。"

"好吧。很高兴我们澄清了这个问题，"她说，然后停顿了一下。"不过学校里人人都似乎和你想的一样。"

"什么意思？"

"他们都认为我知道父亲为什么要这么做，"她说，"就像他真的在早餐时告诉过我，他计划偷五亿美元，然后消失。"

"我们不知道你父亲和那件事有什么关系。"

"是啊，我们只知道现在他不在家。"

她说得对。欧文不知所踪。我想起了格雷迪·布拉德福德那天早上说的话。他说服我和他谈谈，说他是站在我们一边的，后来还给了我他的手机号和两个座机号。我把手伸进后口袋，掏出弗雷德餐厅的餐巾纸，上面有两个数字，都是512开头的。没有地址。

我伸手拿起茶几上的手机，拨通电话。铃声响起时，我心跳加快，自动接线员告诉我"这里是美国法警办公室"。

美国联邦法警办公室的西得克萨斯分部，位于得克萨斯州奥斯汀市。

格雷迪·布拉德福德在奥斯汀上班。为什么一个来自得克萨斯州的美国法警会来到我家？奥马基和娜奥米告诉我，他无权展开调查，欧文做了什么事，将布拉德福德牵扯进来？得州与这一切又有什么关系？

"贝莉，"我说，"你和父亲在奥斯汀待过吗？"

"奥斯汀，得克萨斯州？没有。"

"好好想想。你们去别的地方时有没有路过奥斯汀？也许是搬到索萨利托之前，也许是你们还在西雅图的时候……"

"好像在我……四五岁的时候？"

"这么久远。"

她抬起头，努力在脑海中搜寻着早已忘记的某一天或某一刻，但看起来很沮丧，显然没想起什么事来。我最不愿意看到的就是她闷闷不乐的样子。

"你到底为什么要问我这个问题？"

"早些时候有个来自奥斯汀的美国法警来过这里，"我说，"我只是在想，他来这里或许因为你父亲与这座城市有关系。"

"奥斯汀？"

"对。"

她停在那里，若有所思。

"也许，"她说，"很久以前……我去那里参加过一场婚礼。我当时很小。我的意思是，我很确定我是婚礼中的那个持花少女，他们让我摆各种姿势，拍了很多照片。我记得有人说我们在奥斯汀。"

"你确定吗?"

"不确定,"她说,"非常不确定。"

"那你对婚礼有什么印象?"我缩小范围,帮她回忆。

"我不知道……只记得我们都在那里。"

"你母亲也在吗?"

"我想是的。但我记得最清楚的不是和她在一起的情景,而是爸爸和我离开教堂去外面散步。他把我带到橄榄球场,当时有一场比赛正在进行。我从未见过那样的场面,一个巨大的体育场,所有的灯都亮了,一切都是橙色的。"

"橙色?"

"橙色的灯光,橙色的队服。我喜欢橙色,我喜欢加菲猫,你知道……我就记得这么多。爸爸指着那些颜色说,像加菲猫吧。"

"你们是在教堂参加的婚礼?"

"嗯,一个教堂。要么在得州,要么离得州很远。"

"但之后你从未问过他婚礼是在哪儿举行的?从未详细问过他?"

"是啊。我为什么要问?"

"也对。"

"而且,一提起过去的事,爸爸就不高兴。"

我吃了一惊。"为什么?"

"因为我几乎记不起妈妈。"

我沉默了。欧文确实向我说过类似的事。贝莉还小的

79

时候，他带她去看过心理医生，因为贝莉似乎彻底将母亲忘掉了。医生告诉欧文这很常见，说这是一种防御机制，可以缓解贝莉失去母亲后的痛苦。但欧文认为事情远不止这些，而且出于某种原因，他似乎为此而自责。

贝莉闭上了眼睛。仿佛想起了太多关于母亲的事和此刻父亲的境况。我看到她流泪了。她甚至没掩饰她的孤独和痛苦。我没想到会以这种方式了解她。我想尽可能让她变得快乐起来。

"我们能说点别的吗？"她说着举起手来，"要不这样吧，我们不说了？我实在是不想说话了。"

"贝莉……"

"不要说了，"她说，"能让我静一静吗？"

她向后靠了靠，不知道是在等披萨，还是在等我离开。对她来说都是一样的。

你想忘掉的是什么？

我尊重贝莉，也理解她的请求，于是进了房间，让她一个人待着。我不忍心逼她。这孩子现在一方面惶惑不安，她沉稳、慷慨的父亲为何变成人们口中的逃犯，她还能相信他吗？另一方面又无可奈何而满怀怒气。为什么父亲不辞而别，而她却无能为力？这种感受我完全能体会。

保护她。

是保护她免受桑普公司丑闻的伤害？还是害怕她遭受其他事情的影响？如果是前者，欧文是不是认为自己负有一部分责任？如果是后者，我虽不明就里，但却预感到有什么不祥的事情在等着我们。

我在卧室里来回踱步，又迫切地需要找到一条揭开谜团的线索。我需要和贝莉一起重新建构那些迷雾重重的回忆，将它们与过去二十四小时发生的事进行对照，找出其中交叉重叠的地方。

突然间，奥斯汀又在我脑海里出现。我想起了一些和欧文有关的事。在我搬到索萨利托前不久，住在奥斯汀的一位电影明星正在重装她的房子。那是一幢位于韦斯特莱克路的牧场式房子，紧挨奥斯汀湖。她的室内设计师推荐了我的木刻作品。她的前夫喜欢一切现代的东西，她想让我帮她消除房子中前夫留下的所有痕迹。她本人也想参与进来，这意味着我得去奥斯汀待两个星期，和她一起完成装潢。

我让欧文跟我去，但他拒绝了，而且很不高兴。他认为我会因此而耽误搬家的时间，打乱我们新生活的计划。

我也很想搬家，而且想到要与一个苛刻的客户一起干活很头疼，我就拒绝了这份工作。不过我注意到了欧文的奇怪行为。他表现出的苛求和控制欲不符合他的性格。当我问他为什么会那样时，他为自己的过激反应向我道歉，他说他很紧张，他担心贝莉会不适应我的到来。对欧文来说，贝莉是最重要的，任何影响到她的变化都会影响到他。我理解他的焦虑，也就没有把这件事放在心上。

还有一件与奥斯汀相关的事，现在想来也有些怪异。我邀请欧文和我一起去奥斯汀参加木雕家座谈会，他当时没有拒绝，但后来又改变主意没有去。欧文在逃避奥斯汀这个地方，那里一定有他不想让我知道的事情。

我拿起手机给杰克打电话。他是个忠实的橄榄球球迷，经常看橄榄球联盟和各大学的比赛，甚至早上八点就开始上网看直播。

"这里已经很晚了。"不是那句惯常的问候。

"能和我说说奥斯汀橄榄球场吗?"

"它不叫这个名字。"

"你了解他们的球队吗?"

"长角牛队?你想知道什么?"

"他们队服的颜色?"

"为什么问这个?"

我等在那里不说话。

他叹了口气。"橙色和白色。"

"你肯定?"

"是的,橙色和白色。制服、吉祥物、球门柱、达阵区、体育场都是。现在已经过午夜了,我在睡觉。你为什么要问这些?"

我不太想告诉他原因。来我家的美国法警就在奥斯汀办公,贝莉记得去过那里,而听到奥斯汀时,欧文两次一反常态。所有这一切,我自己都觉得不可思议,更不用说杰克听后会有什么反应。

我不想让他知道奥斯汀是我目前唯一的线索。

如果祖父现在坐在这里,我会告诉他,他会帮我把所有的事情捋一遍,直至帮我弄清楚接下来要做什么。他给我上的第一课是,木雕艺术不仅是把木头塑造成你想要的样子,更要了解木头以前是什么样子。这是创造美好事物的第一步,从无到有的第一步。

欧文在的话，他也会明白的。他会看着我，耸耸肩说："你有什么可失去的？"

保护她。

"杰克？我先挂了。回头再打给你。"

"明天！"他说，"明天给我回电话。"

我挂了电话，走到外面，发现贝莉原地不动，望着海湾，啜饮着我的那杯葡萄酒。

"你在做什么？"

我刚才离开时酒杯是满的，现在几乎空了。她的嘴唇上都是酒，嘴角被染成红色。

"你能不能……？"她说，"我只是喝了一点。"

"我在乎的不是酒。"

"那你为什么这样看着我？"

"去收拾一下行李吧。"

"为什么？"

"我在想你说的话，关于婚礼的事。还有奥斯汀，我们应该去一趟。"

"去奥斯汀？"

我点点头。

她困惑地看着我。"这太疯狂了。去奥斯汀干什么？"

如果我引用祖父的话，告诉她，这就好比做木雕时的剥皮过程，她能听进去吗？如果告诉她，到目前为止这只不过是一种摇摆不定的构想，那她肯定会抗议。

我说了一句她能接受的，听起来像她父亲说的话。

"总比坐在这里好。"

"那学校呢?"她说,"我就这样旷课了?"

"你刚才说无论如何明天不想去了对吗?"我说。

"对,"她说,"我说过。"

她的话音刚落，我就朝屋里走去。

"那就赶紧收拾行李吧。"

第二部分

每种木材都有独特的花纹和颜色,当转动木碗时这些特色就会显现出来。

——菲利普·莫斯罗普

奇怪的奥斯汀

我们坐上了早上六点五十五分从圣何塞起飞的航班。

距离欧文离家已经有四十六个小时了,期间没有任何消息。

我把靠窗的座位让给贝莉,自己坐在过道边,乘客在去卫生间时不时撞到我。

贝莉靠在窗边,双臂紧紧抱胸,一副不想搭理人的样子。她穿着弗利特伍德麦克背心,外面没有穿运动衫,胳膊上起了鸡皮疙瘩。

我俩之前从未一起出行过,所以我没想到提醒她随身带一件运动衫。不过,她也不会听我的建议。

失踪前欧文怎么就没给我留下一套照顾她的办法呢?这是他犯下的最大罪行。

贝莉一直盯着窗外,我正好在笔记本上制订计划。飞机在当地时间十二点半降落,这意味着我们可能在大约两点才能到达酒店并入住。

真希望自己熟悉这个城市。我之前只来过一次奥斯汀，那还是在大四的时候。当时朱尔斯邀请我和她一起去为波士顿的一个食品博客拍摄《奥斯汀纪事报》举办的年度辣酱节。这是她的第一个专业任务，报酬是85美元，外加免费入住酒店。我们在奥斯汀的大部分时间都在过辣酱节。一百种不同的五香排骨，炸土豆，还有熏制的蔬菜和墨西哥辣椒，我们大饱口福。朱尔斯拍了六百张照片。

直到出城前不久，我们才在东奥斯汀的花园外闲逛了一会儿。我们在山顶看到了不可思议的景色。树木和摩天大楼一样多，晴空万里，云雾缭绕。波光粼粼的湖面让奥斯汀看起来不像是一座城市，更像是一个小镇。

朱尔斯和我当时就决定，毕业后要搬到奥斯汀。这里的消费低于纽约，生活比洛杉矶容易。虽然毕业时我们并没有认真考虑过，但那一刻，俯瞰这座城市时我们看到了渴望的未来。

没想到我的未来会是这样。

我闭上眼睛，努力不让这感觉淹没我。那些问题又在我的脑海中循环滚动。欧文在哪里？他为什么要跑？他不敢亲口告诉我的是什么事？

我幻想着，当我离开家的时候，会触发宇宙中的某个机关，让欧文回家，和我们说他失踪的原因。你选择不去看时，水壶就会沸腾。一到奥斯汀，欧文就会给我们发信息，问我们在哪里，说他正坐在空荡荡的厨房里等着我们。

"女士们,要点什么呢?"

我抬起头,看到空姐正站在过道旁,身前是银色饮料车。

贝莉没有回头,紫色马尾辫朝外。

"普通可乐,"她说,"多加些冰。"

我耸耸肩,为贝莉的无礼道歉。"节食,谢谢。"

空姐笑了笑,没有生气。"十六岁?"她轻声说。

我点点头。

"我也有十六岁的孩子,"她说,"是双胞胎。理解你。"

这时贝莉转过身来。

"我不是她的孩子。"

没错,之前她可能也说过这样的话,但现在听来却格外刺耳。我很难堪,脸上有些挂不住了。她大概没想过,当我是她唯一能依靠的人时,恨我或不理我没那么有趣。

或许是意识到自己说错话,她绷着脸,而我则一言不发,盯着前面座位上的电视屏幕,一集《老友记》正在无声地播放着,画面上瑞秋和乔伊在酒店房间里接吻。

但我也没有戴上耳机,这是我能想到的最好的办法。给她一些喘息的空间,让她知道需要的话,我就在这里。

贝莉揉了揉手臂上的鸡皮疙瘩,好一会儿没说什么。然后她喝了一口苏打水,做了个鬼脸。

"我想她调换了我俩的饮料。"

我转过头来看着她。"你喝的是什么?"

她举起装满冰的杯子,苏打水溢了出来。"还节食呢,"

她说,"一定是乘务员把你的给我了……"当她把饮料递过来时,我尽量表现得若无其事。

贝莉点点头,就像终于拿对饮料而松了一口气。不过我俩都知道乘务员并没有送错饮料,只是她想缓解紧张的气氛。

如果这是贝莉示好的方式,我会好好配合她。

我喝了一口可乐。"谢谢你,"我说,"味道很奇怪。"

"别担心……"她说,然后她又回过头去望着窗外,"没什么大不了的"。

5

我们在机场坐上了一辆优步公司的出租车。上车后,我打开手机浏览新闻。

有关桑普公司的报道充斥着CNN主页、《纽约时报》和《华尔街日报》。最近的许多头条新闻都集中在美国证券交易委员会负责人召开的新闻发布会上。"永久关闭桑普公司"之类的标题没少赚点击量。

我打开《纽约时报》最新刊登的一篇文章,是关于美国证券交易委员会宣布对阿维特·汤普森提起民事欺诈指控的报道,其中引用了联邦调查局的一个消息来源,称高级职员和高管肯定会被列为涉案人员。

没有提到欧文的名字。至少现在还没有。

出租车转到总统大道，然后向酒店驶去。酒店位于伯德夫人湖附近，远离繁华区，与奥斯汀市中心隔桥相望。

我从包里拿出酒店预订单，浏览了一下细节。预订人是朱莉娅·亚历山德拉·尼科尔斯。这是朱尔斯的全名。我钱包里还有她的身份证。以防有人跟踪我们。

朱尔斯用她的信用卡给我们买了机票，但票面上有我们的姓名。如果有人想跟踪，也很容易找到我们。但即便追踪到奥斯汀，他们也没法知道我们的确切位置。我不会让下一个不请自来的格雷德或娜奥米突然出现在门口。

司机是一个戴头巾的年轻人，从后视镜里看了看贝莉。他比她大不了几岁，很明显想要引起她的注意。

"第一次来奥斯汀吗？"他问她。

"嗯。"

"到目前为止觉得怎么样？"

"从离开机场到现在的十四分钟？"

他笑了。好像她在开玩笑，鼓励他说下去。

"我是本地人，"他说，"关于这座城市，你随便问，没有我不知道的。"

"好啊。"

看到贝莉心不在焉，我便和司机攀谈起来，心想说不定他的话能派上用场。

"你是这里长大的？"

"土生土长。奥斯汀还是个小镇的时候，我就住这里了。"他说,"方方面面来看,它现在仍然是个小镇,但人多了很多,楼也高了很多。"

车停在了高速公路边上。奥斯汀市中心出现在眼前,我感到胸口一阵发紧。一切按计划进行,但看着窗外陌生的城市,一切又都显得那么疯狂。

他指着窗外的一座摩天大楼。

"那是弗罗斯特银行大厦,"他说,"曾经是奥斯汀最高的建筑,但现在我都不敢确定它能不能进前五名。你听说过它吗?"

"还真没听过。"

"哦,关于它的故事很疯狂,"他说,"从某个角度上看,这栋楼就像一只猫头鹰。这里可能看不清楚,但如果看出来的话,感觉会很狂野……"

我打开窗户,打量着弗罗斯特大厦,上面几层像耳朵,两个窗户看起来像眼睛。

确实像只猫头鹰。

"建筑师们都是莱斯大学毕业的,猫头鹰是莱斯大学的吉祥物。这就是个吉祥物,看那尖尖的嘴……你说是不是很搞笑?有人说是阴谋论,这怎么可能是个巧合呢?"

汽车转入南国会桥路,远处就是我们预订的酒店。

"你们来这里玩?"他一边问贝莉,一边从后视镜看着她。

"不完全是。"

"那……你们来这儿做什么？"

她不作声，打开窗户，不想再听的样子。不能怪她。我想她正努力回忆小时候是否来过这座城市，搜寻关于父亲的信息，哪有心情跟陌生人闲聊。

"我们喜欢奥斯汀。"我说。

"没错，"他说，"个人隐私，可以理解。"

他把车停在酒店门口。车还没停稳，贝莉就打开了车门。

"等等，等等！这是我的电话号码。需要帮忙的话，随时联系。"

"不需要。"贝莉说。

她把肩上的包向上挪了挪，朝酒店入口走去。

我从后备箱里抓起行李箱，赶紧跟上，在旋转门处追上了她。

"那家伙太烦人了。"

我说，他只是想表示友好，但她不感兴趣。我告诫自己不能因为这点小事和她争执。

走进酒店，我环顾四周：高高的中庭、酒吧、星巴克、数以百计的房间。正是我要的那种不起眼的酒店，一个容易让人迷路的地方。环顾四周时，我的眼神撞上了一个酒店员工。

她的胸前名牌上写着艾米，一头短发。

我们在前台排队，我想避开她，有些晚了。她走过来，脸上挂着微笑。

"你好,"她说,"我是艾米,酒店门房。欢迎来到奥斯汀!在您登记入住期间,有什么需要我帮忙的吗?"

"不需要,谢谢。不过,有校园地图吗?"

"得克萨斯州大学奥斯汀分校的?"她说,"当然有。我还可以帮您安排校园参观。城里有很棒的咖啡,千万不要错过。喜欢喝咖啡吗?"

贝莉盯着我,好像艾米在我身边转来转去、喋喋不休是我的错。我确实想要一张地图,手里有东西拿,可以不让自己显得无所事事。

"需要我安排班车送您去吗?"

我们排到了前面,一个叫史蒂夫的接待员拿着两杯柠檬水朝我们走过来。

"你好,艾米。"

"史蒂夫!我正准备给这两位女士找一些大学校园地图,还有小白咖啡。"

"太好了,"史蒂夫说,"我会把二位安顿好的。是什么风把您吹到了我们这小地方?需要我做什么,尽管吩咐,包您满意。"

贝莉受够了。她径自朝电梯走去,边走边用绝望的眼神看着我。她不想应付这些谈话,我在飞机上积攒的所有好感显然都没了。

"好吧,尼科尔斯女士,房间在八层,可以看到伯德夫人湖,"他说,"去房间之前想放松一下的话,酒店有一个很棒的水疗中心,我也可以给您安排晚一点的午餐?"

我举起双手表示投降。

"史蒂夫,"我说,"房间钥匙,赶紧给我。"

5

行李放好,感觉有些饿,却没心情吃东西。

两点半,我们离开酒店,朝国会大道桥方向走去。我想随便走走会帮助贝莉唤起记忆。沿着这条路我们将穿过奥斯汀市中心,前往大学校园和达雷尔 K 皇家体育场——该市唯一的橄榄球场。一过桥,市中心就呈现在我们眼前,一派生机勃勃、热闹繁华的景象。虽然是午后,酒吧却全开着,音乐声四起,花园餐厅挤满了人。

贝莉一路低头看着手机。她这样子,怎么能认出小时候见过的东西呢?

我们在第五街交通灯前停下,"禁止行走"的标志闪烁着,她抬头看了看。

"怎么了?"

"没什么。"

她摇摇头,继续看着。

我顺着她的目光,看到 Antone 夜总会的蓝色招牌,上面写着"蓝调之家"。一对情侣在门前拥抱,自拍。

"爸爸在那里买了一张约翰·李·胡克的唱片。"她指着那家俱乐部说。

她没说错。我甚至想起了那专辑正面圆滑的字体。封面上胡克手拿吉他,戴着帽子和墨镜,对着话筒唱歌。上周的一个晚上,贝莉在球场训练,我俩在家,欧文胡乱弹着吉他,我记得他唱歌时的表情。

"你爸确实有这张唱片,"我说,"你说的没错。"

"这不重要。"

"我不知道现在什么是重要的。"

"有什么能让人高兴的事吗?"

让人高兴的事?三天前,我们仨在厨房,贝莉边吃麦片粥边说周末想和鲍比开车去半岛,环绕蒙特雷骑行。"我们一起去吧。"欧文说。贝莉翻了个白眼,看起来不太情愿。但听到欧文说回来时可以在海滩附近她喜欢的小餐馆吃蛤蜊浓汤,就欣然同意了。

才过了三天,真是恍如隔世。现在只有我和贝莉,我们要找到欧文,然后问个明白。我也在问自己,真相大白时,欧文还是那个欧文吗?

信号灯变绿,我快步穿过街道,转入国会路。

"跟上。"

"我们去哪里?"

"总比待在酒店好。"

5

大约一小时后,我们绕过国会大厦,进入圣哈辛托大道,体育场出现在眼前。即使从几个街区外看,这座建筑看起来都很巨大。

进入体育场需经过卡文·克拉克体育中心。这里更像一个学生娱乐中心,有一系列配套的橙色花边建筑、球场,还有一个大跑道。学生们有的在玩橄榄球,有的在楼梯上跑来跑去,有的在长凳上懒洋洋地躺着。如此景象使这个体育中心看起来既完全独立,又属于城市。

我低头看了看校园地图,朝最近的体育场入口走去。

贝莉突然停下脚步。"我不想去了。"

我看着她。

"就算我当时来过体育场又怎样?又能说明什么?"

"贝莉……"

"说真的,我们来这里干什么?"

如果我说我昨晚熬夜读了一本关于童年记忆的书,她大概会生气。书里讲找回童年记忆的方法通常是回到某个地方,以初次体验的方式,就像现在这样。直觉告诉我,这样做没错。

"除了桑普公司的事,你父亲还有别的事瞒着我们,"我说,"我们得弄清楚。"

"能不能具体些?"

"你记起的越多越好。"

"那么……这是我的事了?"

"不,是我的。要是觉得来这儿是错误的,我会马上告诉你。"

她不说话了。

"喂,进来吗?"我说,"快到了。"

"我有得选吗?"

"当然了,"我说,"永远不要勉强自己。"

她的表情瞬间发生了微妙的变化。我确定那是一种惊讶的神情。我们离最近的体育场入口 2 号门只有一百英尺,如果现在她扭头离开,我是不会阻拦的。

她终于走到入口了,那感觉就像打了一场胜仗。第二场胜利接踵而至,我们尾随旅游团通过安检时,守在桌子旁的学生看都没看我们一眼。

"欢迎来到达雷尔 K 皇家体育场,"导游说,"我是艾略特,今天由我带领大家参观。跟我来!"

导游带领游客进入球门区。气势恢宏的体育场内景展现在人们面前。球场的一端写着"得克萨斯",另一端写着"长角牛队"。这是一个来过一次就不会忘记的地方。

艾略特向大家介绍比赛之夜的盛大场面。每次触地得分后,红色大炮就会发炮庆贺,吉祥物是一头真公牛,一群得州牛仔带着它在球场上绕行,如此这般。

滔滔不绝地说完后,艾略特带领大家走向记者席,我示意贝莉退出人群，然后一起向看台走去。

我在前排坐下，贝莉也跟着坐下。我看着球场，同时用眼角余光看着她。她直直地坐着。

"我不确定是不是来过这里，"她说，"但我记得爸爸说过有一天我会像他那样热爱橄榄球，还告诉我不要害怕公牛。"

关于公牛欧文确实提到过，但说他热爱橄榄球好像不对。结婚后，我几乎没见他看完过一场比赛。周末下午不用再看橄榄球比赛，周一晚上也不用看重播，这些都是与杰克分手后我生活的变化。

"我肯定记错了，"她说，"爸爸不喜欢橄榄球，对不对？我们从不看比赛。"

"我也是这么想的，但他以前可能喜欢，还想让你成为一个球迷。"

"我那么小？"

我耸耸肩。"也许他觉得能把你培养成一名长角牛队球员？"

贝莉转身朝球场走去。显然，她也就记得这么多了。"和橄榄球没太大关系，但他喜欢这支球队。"她停了一下，"也许是其他什么球队，反正队服是橙色的……"

"假设你们来过这里，把知道的事都告诉我，"我说，"你们是婚礼后来的吗？当时是晚上吗？"

"不是，是下午。我当时穿着裙子，那种持花少女穿的

101

裙子，这我肯定没记错。作为仪式的一部分，我们可能是从婚礼现场来到这里的。"

她停了一下。

"或者这一切都是我臆想出来的？非常有可能。"

往事如此缥缈模糊，真令人沮丧。在索萨利托的生活是美好而真切的，如今却随着欧文的离去变得空虚、可怕。

"我不知道该说什么，"她说，"随便哪一个球场都可能会给我这种感觉。"

"但这个球场看起来确实很熟悉？"

"是的，有点熟悉。"

我突然想到一件事，就看她怎么回答了。

"这么说你是步行到这里的？"

她奇怪地看了我一眼。"是啊，和你一起来的。"

"不，我的意思是，你说你是从婚礼现场走到这儿来的？和你父亲一起……"

她摇摇头，好像我问了一个不可思议的问题。但紧接着，她睁大着眼说："对，我想是的。我穿的是裙子，那很有可能就是刚从教堂出来的。"

突然间她变得无比确定。"一定是这样，"她说，"我的意思是，我们在仪式结束后来这里玩了一会儿。我们是走过来的。我很确定……"

"那么教堂一定就在这附近。"

"什么？"她说。

我低头看着地图，上面有几处我做了标记：离这里不远的天主教堂，两个圣公会分会，还有一个距离更近的犹太教堂。这些地方都在步行范围内，都可能是欧文带贝莉来体育场之前去过的地方。

"你难道不记得那是什么仪式吗？教派方面的？"

"你在开玩笑吗？"

"我是认真的。"

谁需要向导?

在地图上圈出教堂后,我们从另一个出口离开体育场,沿着台阶往下走,经过长角牛队纪念雕像,后面就是得克萨斯大学奥斯汀分校校友中心。

"等等,"贝莉说,"慢点……"

我转过身。"怎么了?"

她抬头看了看那栋楼,目光落在前面的牌子上:得克萨斯长角牛队队员之家。

然后又转身看了一下体育场。"看起来很眼熟。"

"嗯,这些入口都很好——"

"不,是看起来都很熟悉,"她说,"尤其是这里,我好像来过不止一次。"

她环顾四周。

"我确定一下方位,"她说,"让我想想为什么这个地方看起来很熟悉。这不就是我们来这里的目的吗?这里应该有我熟悉的东西?"

"好吧,"我说,"慢慢来。"

我不想在这里停留太长时间,但还是鼓励她多想想。我想在教堂关门前赶过去,找个人问问。

我不说话,盯着手机,推算事情发生的时间。如果贝莉没有记错,如果我们没走错路,那二〇〇八年她一定来过这里。当时她和欧文还住在西雅图,奥利维亚还没去世。第二年,父女俩就搬到了索萨利托。在这之前,贝莉还小,不可能记得太多事情。

二〇〇八年是一个关键的时间点。我开始搜索十二年前的主场比赛时间表。

这时手机响了,来电显示对方隐藏了电话号码。我不知所措。可能是欧文打来的,但又想到杰克告诉我不要接陌生来电。还有可能是谁?还会招致什么麻烦?

贝莉朝我的手机示意。"要接吗?还是就这么看着?"

"不知道啊。"

万一是欧文呢?我接起电话,等着对方先开口。

"喂?汉娜?"

电话那头的女人声音尖利,口齿不清。我听得出是谁。

"贝尔。"

"哦,糟透了,"她说,"真让人气愤。你还好吗?欧文的女儿怎么样了?"

贝尔想套近乎,但她没说贝莉,而是说欧文的女儿。她总是记不住贝莉的名字。当然这对她来说无所谓。

"他们没有违法犯罪,你知道……"

他们。

"贝尔,我一直在联系你。"

"知道,知道,你一定疯了。我也疯了。我就像个罪犯一样躲在圣赫勒拿,摄制组在我家门外安营扎寨,我只好让助理送来烤鸡和巧克力蛋奶酥,要不然就没得吃了。"她说,"你在哪里?"

我避而不答。贝尔不等我回答就继续说下去。

"我的意思是,整件事实在是太荒谬了,"她说,"阿维特是一个企业家,不是罪犯。而欧文是个天才,这点不用我说你也知道。我是说,我的天啊,阿维特为什么要偷自己的公司?真是天大的笑话,难道他是第八次创业?他都这么一把年纪了,还会膨胀、撒谎和偷窃吗?说他犯下了那些罪行?饶了我吧。我们的钱已经多得不知该怎么花了。"

她声嘶力竭、据理力争。但这并不能表示她明白其中的功过是非。或许正是阿维特之前的成功和随之而来的傲慢,使他不愿承认现在的失败。

"关键是,这是一个圈套。"

"是谁设的,贝尔?"

"我怎么知道?政府?竞争对手?也许是某个想捷足先登的无名小卒。这是阿维特的说法。关键是要迎难而上,作为一个久经商场、历尽磨砺的生意人,他不可能因为一场会计事故就垮掉。"

她听起来很疯狂。这样的疯狂，我在帕蒂、卡尔、娜奥米那里也见识过。或许生活出现漏洞时人就是会发疯，失去了自我调整和与世界对话的能力，说一些无意义的话。

"那么，你说这到底是一个圈套，还是一场事故？"我停了一下，"还是说这一切与阿维特一点关系也没有？"

"你说什么？"

她生气了。我不在乎。我没时间、也没必要和她聊了。她想从我这里打探欧文的信息，而我没什么可以告诉她的。

我看了看贝莉，她正疑惑地看着我，好像在问为什么我听起来很生气，是不是因为她父亲？

"我得挂了。"

"等等。"这时她才进入正题。

"阿维特的律师联系不到欧文，"她说，"我们只是想确定……他有没有和执法部门谈话？他可千万别这么做。"

"如果阿维特没做错什么，欧文说什么又有什么关系？"

"别天真了，事情没那么简单。"

我能想到贝尔在厨房，坐在我做的那张凳子上，难以置信地摇着头，用永远戴着金戒指的手拍打着颧骨突出的脸颊。

"调查工作是怎么开展的？"

"呃……诱捕、逼供。欧文有那么蠢吗？"她停了一下又说，"他联系警察了吗？"

我想告诉她，我只知道欧文没有联系我，但我什么也没说。她并非真的在质疑政府,她知道她老公有罪,她只想编造事实,帮他逃脱。

她担忧的是阿维特的安危,而我关心的是如何让贝莉免遭伤害。

"阿维特的律师想尽快联系到欧文,这样事情的前前后后才能保持一致。"贝尔说,"我们需要你的帮助,我们要团结一致。"

我没回应。

"汉娜?你还在吗?"

"不说了。"

我挂了电话,继续查找得克萨斯州奥斯汀橄榄球比赛的日程表。

"是谁呢?"

"打错了。"

"你这些天就是这么和贝尔通话的吗?"

我抬头看着她。

"为什么撒谎呢?"

她很愤怒,也很害怕。很显然,我让事情变得更糟了。

"我只是想保护你,贝莉。"

"但你不能,"她说,"没人能保护我。要不你告诉我真相,怎么样?"

她突然显得比实际年龄要大,眼神坚定,双唇紧闭。欧文让我"保护她",这是一件不可能的事。

我点点头，看着她。告诉她真相？听起来很简单，也许是我将事情弄复杂了。

"是贝尔打来的。她这通电话基本证实了阿维特是有罪的。或者至少说明他做了见不得人的事。欧文不但没有帮阿维特掩盖那些事，还跑得连人影都不见了，对此她很惊讶。所有这些都让我想弄清楚你父亲到底隐藏了什么，他为什么要隐藏。"我停了一下，"所以我想去这些教堂转转，看看能不能找到一些线索，帮我们弄清楚他的这种反常行为是因为桑普公司的事，还是因为别的什么事。"

"什么事？"

"他逃避的事情远不止这些，"我说，"而且与你也有关。"

她不说话，站在我面前，双手交叉放在胸前，然后突然放下双手，向我靠近。

"所以……告诉我真相，我的意思是，比如，不要对我隐瞒谁在给你打电话。"

"我是不是有点过分了？"

"没关系。你是为我们着想。"

这可能是她对我说过的最好听的话了。

"我刚才就是想从贝尔那里多了解一些情况。"

"谢谢你。"她说完从我手中接过地图，研究起来。

"我们走吧。"

三个月前

当时是凌晨三点,欧文坐在酒店的酒吧里,喝着高脚杯里的波旁酒。

感觉到我在看他,他抬起头来。

"你来这里做什么?"

我冲他笑了笑。"我正要问你呢……"

我们当时在旧金山,住在渡轮大厦对面的一家精品酒店里。索萨利托罕见的暴风雨迫使我们从家中撤离。酒店里挤满了对岸船屋的人。很显然,欧文觉得这个避难所不怎么样。

他耸耸肩。"我想喝一杯,"他说,"干点活……"

"做什么?"

我环顾四周。他没有带笔记本电脑,没有随处乱放的文件,吧台上除了波旁酒,还有一件东西。

"要过来坐一会吗?"

我在他旁边的吧台椅上坐下,紧抱双臂。半夜凉意袭人，我的背心和运动裤不抗冻。

"冻坏了吧。"

"没事。"

他脱下连帽衫，套在我身上。"会冷的。"

我看着他，等他告诉我到底在这里做什么，是什么让他独自离开房间。

"没事。工作有点压力。没什么大不了的。我会处理好的。"

他点点头，很有信心的样子，但似乎又很紧张，我从没见过他这样子。收拾行李准备来这里时，我发现他在贝莉的房间里，正将她小时候用的小猪存钱罐放进行李箱。当时他很尴尬，说这是他送给贝莉的礼物，他担心打碎或弄丢。当然，还有其他东西他也收进了过夜包，贝莉的第一把梳子，家庭相册等。可以理解。奇怪的是他将那个小猪存钱罐放在吧台上。

"既然处理好了，为什么还要大半夜一个人坐在这里，盯着存钱罐？"

"我想把它砸开，"他说，"万一我们需要钱。"

"怎么了，欧文？"

"你知道贝莉今晚对我说什么了吗？我说必须要疏散时，她说她想和鲍比家一起撤离。他们住在丽兹酒店，她也想住过去。真没想到她会这样。"

"我当时在哪？"

"去锁你的工作室了。"

我耸耸肩,尽量温和地说:"这孩子长大了。"

"我知道,这很正常,但……我拒绝她时,"他说,"她竟跺着脚朝汽车走去。我在想,她要离开我了。自从她妈妈去世后,为了她,我宁愿单身,但我从来没想过有一天她会离开……也许我只是不愿去想。"

"这就是你大半夜在楼下盯着小猪存钱罐的原因?"

"也许吧。也许是因为换了地方,"他说,"睡不着。"

他拿起了波旁酒。

"我们搬到索萨利托时,贝莉还小,不敢下码头。我想可能是因为我们搬进来的第二天,哈恩太太滑倒了,贝莉看见她差点掉进水里。"

"太可怕了!"

"是啊,头几个月,从前门到停车场,她让我一路牵着她的手,边走边问,爸爸,你会保护我的,对吗?爸爸,你不会让我掉下去吧?我们花了大约六个半小时才坐到车上。"

我笑了。

"不得不第一百次这么做的时候,我觉得自己快疯了。"他停了一下,"你知道比这更糟的是什么吗?她后来不再这样说了。"

我按住他的胳膊肘。他对她的那份爱让我感动。

"总有一天,我不能再确保她的安全,不能再保护她,"他说,"甚至管不了她了。"

"嗯，我能理解，"我说，"我现在就管不了她。"

他看着我笑了。我的笑话打破了感伤的氛围。

他放下酒，转向我。"从一到十，你觉得我坐在这里有多奇怪？"

"没有存钱罐？"我说，"可能是二，可能是三……"

"那有存钱罐呢？是不是六以上？"

"差不多。"

他把存钱罐放在一个空凳子上，示意酒保过来。

"给我太太调制一杯吧？"他说，"另外，给我来一杯咖啡。"

说完他靠过来，前额贴在我的前额上。

"对不起。"

"没事。理解你，不要太担忧，她不会明天就离开。"我说，"她那么爱你，放心吧，不会离开你的。"

"谁知道呢。"

"我知道。"

"我不想贝莉一觉醒来发现我们不在了。"他说，"你往外看，能看到丽兹酒店。"

白色小教堂

埃莉诺·H. 麦戈文从双光眼镜后面看着贝莉。

"说说看,"她说,"你想知道什么?"

我们坐在埃莉诺圣公会教堂的办公室里。这座大教堂是奥斯汀最古老的教堂,有一百多年的历史,离橄榄球场只有半英里多一点。我们去过六座教堂,这是最后一座。贝莉觉得它眼熟。

"我们想查一下二〇〇八年橄榄球赛季期间这里举行的婚礼。"贝莉说。

埃莉诺七十出头,身高六英尺,一脸困惑地看着我们。

"没那么复杂,"我说,"我们只需要一份二〇〇八赛季长角牛队主场比赛期间举行的婚礼名单。"

"哦,十二年前主场比赛时举行的婚礼,就这些吗?"

我没理会她的语气,接着说下去,希望她过一会态度能好些。"其实我们已经做了不少调查工作。"

我把名单从桌子上推给她。我制作了一张十二年前长角牛队的赛程表,然后让在《旧金山纪事报》工作的朱尔斯用他们的研究工具反复核对,确保没有漏掉一场比赛。

只有八个日期存有疑问。小贝莉和欧文有可能在其中一天到过球场。

埃莉诺盯着名单,但没拿起来。

我环顾办公室,想找一些能缓和气氛的东西。圣诞贺卡和汽车保险杠贴纸贴满了桌子,埃莉诺一家的照片排列在壁炉架上方,大布告栏上满是教区居民的照片和留言。这间办公室展示了四十年来教堂与居民关系的变化发展。她对这个地方了如指掌,而我们只需要知道其中的一小部分即可。

"看起来是不少,"我说,"我们下载了二〇〇八年赛季的主场赛程,一共不到十个周末,都给您准备好了。就算牧师一个周末主持两场婚礼,也顶多不会超过二十对新人。麻烦您看一下。"

"听着,"埃莉诺说,"很抱歉。我无权透露这些信息。"

"我知道,"我说,"但我们这是特殊情况。"

"当然。听说你丈夫失踪了,我很难过,你肯定也很心烦,但规矩是不能变的。"

"你就不能破例吗?"贝莉很不高兴地说,"我们又不是什么连环杀手,也并不关心这些人是谁。"

我把手放在贝莉的腿上,想让她平静下来。

"我们就坐在这里,查阅一下婚礼名单,"我说,"绝不会泄露相关人士的任何信息,也不会带走任何打印文档和地址名单。"

埃莉诺打量着我们,看起来很为难。如果能弄清楚欧文和贝莉参加了谁的婚礼,就能知道他们和奥斯汀的关系,也许还能解释格雷迪为什么来我家,欧文又为什么远离奥斯汀。

"我真的觉得贝莉非常有可能来过这里,"我说,"这对她、对我都很关键。您知道这周我们经历了什么吗?……您帮我们一把,等于做一件善事。"

埃莉诺眼中流露出同情的神色,我的请求起作用了。

"亲爱的,我想帮你,但不合适。要不你留个电话号码,我和牧师核实一下,但他可能不会提供教区居民的信息。"

"天哪,你就不能给我们一次机会吗?"贝莉说。

埃莉诺站起来。"朋友们,我得先告辞了,"她说,"今晚有一个圣经学习小组,我要做些准备。所以,请你们离开吧。"

"贝莉并不是要故意冒犯您,她父亲失踪了,心急火燎的难免会说错话。家对我们来说就是一切,我相信您能理解。"

壁炉架上方张贴着埃莉诺孩子和孙子们的圣诞照,她丈夫、狗和农场的抓拍照,还有她自己的几张照片。

我指着这些照片说:"看得出来您是一个非常顾家的人。我俩换个位置,您希望我怎么做?我会尽力帮您的。"

她停下来,整理了一下衣服,出乎意料地坐了下来,然后将那副双光眼镜往上推了推。

"好吧,我看看能做些什么。"

贝莉如释重负地笑了。

"新婚夫妇的名字不能透露。"

"您放心,"我说,"我们只想看看是否有人能帮我们。"

埃莉诺点点头,把那份清单拉过来,拿起来,低头又看了看,叹了口气,好像不敢相信自己在做这件事似的。

她转向电脑,开始打字。

"谢谢您,"贝莉说,"太感谢了。"

"要感谢你的继母。"

埃莉诺这样称呼我时,贝莉没有谢我,甚至都没看我一眼,但看起来并不尴尬。真是难得。

还没来得及高兴,手机就开始嗡嗡作响。我低头看到了卡尔的短信。

"我在你家外面,能让我进去吗?我一直在敲门……"

我看着贝莉,摸了摸她的手。"是卡尔,"我说,"我去看看怎么回事。"

贝莉点点头,没理会我,她的注意力都在埃莉诺那里。我来到走廊,发短信说现在就给他打电话。

"嘿,"他接电话时说,"我能进来吗?萨拉和我在一起。我们刚去散步了。"

我想象着他站在我家大门外,萨拉穿着她的宝贝熊衣服，头上戴着帕蒂喜欢的巨大蝴蝶结。卡尔陪女儿散步，趁机来找我说话，显然不想让帕蒂知道。

"我们不在家，卡尔，"我说，"怎么回事？"

"电话里不方便说，要当面谈，"他说，"这样吧，我晚饭前带萨拉去散步，呼吸点新鲜空气。大概五点五十分来你家，你看如何？"

"我倒想听听你现在要说什么。"

电话那头，卡尔沉默不语。他在考虑是否要坚持当面谈，因为从昨天的表现来看，他肯定知道一些事情，只是不敢随便说出来。

"听着，昨天的事，我很抱歉，"他说，"我措手不及，帕蒂很生气。我们那样是不对的，尤其是……"

他停了一下，犹豫着要不要说出来。

"嗯，我应该帮你们，我的意思是……我不知道欧文跟你怎么说的，他工作压力很大，和阿维特的关系也很糟糕。"

"他告诉你的？"

"对。他没有细说，只说因为研发那款软件，他承受了很大的压力。"

"他给我讲了很多事。他说事情并不像阿维特说的那么顺利。他已经没有退路了……"

我打断他。"'没有退路'是什么意思？"

"他说他不能扔下手头的事情，一走了之。"

"他说原因了吗？"

"没说。我其实想告诉他没有一份工作值得承受这么大的压力……"

我回头看了看。埃莉诺盯着电脑，贝莉在踱步。

"谢谢你告诉我。"

"等等……还有件事。"

我能感觉到他在纠结。

"还有件事要告诉你。"

"说吧，卡尔。"

"我们没有投资桑普公司。"

我想起帕蒂说欧文是个骗子，说他偷了他们的钱。

"听不懂你在说什么。"

"我要用那笔钱做别的事，和卡拉有关。"

卡拉。那个萨拉出生前就和卡尔分分合合的同事。

"什么？"

"我不想细说，但觉得应该告诉你……"

我能想象出各种可能会让他损失数万美元的情况，其中一种与孩子有关。这个孩子也穿着宝贝熊衣服，那是他和卡拉的孩子。

时间紧张，我停止了胡乱猜测，我现在最关心的是欧文并没有做帕蒂指责他做的那些事，这给了我一线希望——欧文还是那个欧文。

"你让帕蒂相信欧文拿走了你的钱？说他说服你投资一家骗子公司？"

"非常抱歉。"

"真的吗?"

"我说的是实话,这多少能减轻我的一些内疚吧,"他说,"我下了很大的决心才给你打这个电话。"

自以为是的帕蒂,她会告诉读书俱乐部、葡萄酒俱乐部、网球俱乐部、女士中心所有愿意听她说话的人,说欧文是个骗子。

"不,卡尔,你最难面对的人是你妻子。要么你告诉她真相,要么我来帮你。"

我挂掉电话,感觉心跳加快。我没有时间去细想他的话,贝莉在示意我回去。

我振作起来,回到办公室。"很抱歉。"

"没关系,"埃莉诺说,"我都调出来了⋯⋯"

贝莉绕着桌子走过去,但埃莉诺用手阻止了她。

"我把记录打印出来,"她说,"你们可以浏览。但我确实要去参加会议,你们动作快点。"

"好的。"我说。

但后来埃莉诺停了下来,困惑地看着电脑屏幕。"你们要找的是二〇〇八年赛季吗?"

我点点头。"是的,第一场主场比赛是在九月的第一个周末。"

"我看到了,"埃莉诺说,"你确定是这一年吗?"

"确定,"我说,"怎么了?"

"二〇〇八年？"

贝莉尽量克制着自己。"没错！"

"那年秋天教堂起火了，因为要重新装修，所以不得不关门。"她说，"九月一日关闭，直到次年三月才开放。期间没有举行过任何形式的仪式，包括婚礼。"

埃莉诺挪动屏幕，让我们自己看日历，上面确实全是空白方格，我的心一沉。

"也许你搞错了年份？"埃莉诺对贝莉说，"要不查查二〇〇九年？"

我伸手阻止她。核查二〇〇九年毫无意义。那年欧文和贝莉已经搬到了索萨利托，而之前，贝莉还太小，她连西雅图都记不清，更不用说周末专门去奥斯汀的事了。实事求是地说，断定是二〇〇九年其实都有些勉强，但如果她的母亲也参加了婚礼，那么那年是唯一可能的时间。

"一定是那年。"

贝莉看着电脑屏幕，声音有些颤抖。

"就是那个秋天，我当时在这里。这是唯一可能的时间。如果妈妈也在，那一定是。"

"那就不是这里了。"埃莉诺说。

"但这没道理啊，"贝莉说，"我认得那个半圆壁龛。我记得它。"

我朝贝莉走去，但她走开了。她现在需要的不是安抚，而是事情的真相。

"埃莉诺,"我说,"校园附近有和这座教堂一样的教堂吗?我们是不是错过了别的什么东西?"

埃莉诺摇了摇头。"没有,这座教堂是独一无二的。"

"也许是一个关闭了的教堂?"

"不会的。你为什么不留下电话号码呢?我问问牧师,还有教区居民,如果想起什么,我会给你打电话的。放心吧。"

"你能想起什么呢?"贝莉说,"你干脆说帮不了我们?"

"贝莉,不要说了……"

"不要说?你说过如果我记起什么,就得查清楚,现在却不让我说?"她说,"管它呢,我受够了。"

她迅速站起,冲出办公室。

埃莉诺和我默默地看着她离开。贝莉一走,她就和善地看了我一眼。

"没关系,"她说,"我知道她不是生我的气。"

"嗯,"我说,"但这样没礼貌。她应该生她父亲的气,但只能将矛头指向其他人。"

"理解。"埃莉诺说。

"谢谢您,"我说,"如果想起了什么,即使觉得不重要,也请打电话。"

我写下手机号码。

"没问题。"

她点点头,把写有电话号码的纸放进口袋,朝门口走去。

"谁会这样对待家人?"她问道。

我转过身，看着她。"您刚才说什么？"

"谁会这样对待家人呢？"她又说了一遍。

我想告诉她，欧文是一个好父亲。

"一个别无选择的人。"我说，"我们总是有选择的。"

我们总是有选择的，格雷迪也这么说。有人对，有人错，听起来简单明了，说起来易如反掌。好像世界只有两种人组成，从未犯错的人，和犯错的人。

我想起电话里卡尔告诉我欧文曾苦苦挣扎。我想他现在也一样。

我的怒火越来越大。

"我会记住你的话的。"我的语气和贝莉的一样。

说完我就走出了门外。

并非人人都是好帮手

回到酒店后,我从客房服务部点了烤奶酪和甘薯条并打开了电视。

有线电视台正在播放一部老式浪漫喜剧——汤姆·汉克斯和梅格·瑞恩克服重重困难,有情人终成眷属。那种熟悉感犹如镇静剂,我不由自主地沉浸其中。贝莉没过一会儿就在床上睡着了。

我继续熬夜看这部电影,等待我烂熟于心的那个时刻:汤姆·汉克斯向梅格·瑞恩承诺他会爱她到地老天荒。当演职员表出现在电视屏幕上时,我又回到了这个陌生黑暗的酒店房间,心烦意乱。欧文不见了,一去不返。

这就是悲剧的可怕之处。它并非如影随形,你会忘记它,然后又想起它。你别无选择,只能做好当下的事情,硬着头皮前行。

我无法入睡,开始回顾当天的笔记,看看能不能想出别的法子来唤起贝莉的记忆。除了参加婚礼,父女俩在奥斯汀还做过什么？贝莉觉得校园有些眼熟，这是不是说明他们在那里待的时间更长？为什么？

电话铃声打断了我的思绪，我松了口气。事情千头万绪，脑袋都快炸了。

来电显示是杰克。

"找你好几个小时了。"

"对不起，"我轻声说，"这一天过得太辛苦了。"

"你在哪里？"

"奥斯汀"。

"得州吗？"

我朝走廊走去，轻轻关上房门，生怕吵醒贝莉。

"说来话长。贝莉记得她小时候来过奥斯汀，当然有可能是我的一再催逼，让她觉得自己来过这里。不过想到格雷迪·布拉德福德来我家……总觉得我们来这里是对的。"

"你在追查线索？"

"显然没什么结果，"我说，"我们明天坐飞机回家。"

我讨厌这样说。想到回去后欧文不在家就非常难受。在这里似乎至少还有一些希望。

"嗯，听着，我要和你谈谈，"杰克说，"但你可能不喜欢听。"

"先说我喜欢听的，杰克，"我说，"不然我就挂电话了。"

"你的朋友格雷迪·布拉德福德是合法的，而且声誉还不错。他是得州局里的得力干将，疑犯失踪时，联邦调查

125

局经常找他。他想找欧文,肯定能找到。"

"这怎么会是好消息呢?"

"我觉得也只有他才能找到欧文。"杰克说。

"你什么意思?"

"没有欧文·迈克尔斯这个人。"

我差点笑了。这是什么话呀,荒谬得不值一提。

"不是说你胡说八道,杰克,但我向你保证,欧文当然存在,他女儿就睡在离我十五英尺远的地方。"

"我换个说法,"他说,"你的欧文·迈克尔斯并不存在。欧文和他女儿,除了出生证明和社会保险号相符外,其余的细节都不一致。"

"你说什么?"

"我跟你说过的那个调查员,他说符合你丈夫生平的欧文·迈克尔斯并不存在。有几个欧文·迈克尔斯在马萨诸塞州牛顿市长大,还有几个就读于普林斯顿大学。唯一一个在欧文家乡长大并在普林斯顿大学上学的欧文·迈克尔斯已经七十八岁,目前和老伴西奥·西尔弗斯坦住在科德角的普罗温斯敦。"

我快喘不上气来了,坐在走廊地毯上,背靠着墙。我的头在嗡嗡作响,心狂跳着。那些欧文·迈克尔斯没有一个是你的欧文·迈克尔斯。这句话在我的脑海里翻腾游走,没有着落。

"要我说下去吗?"

"说吧,谢谢你。"

"二〇〇六年,欧文·迈克尔斯没有在华盛顿州西雅图购买房产,那一年他也没有给女儿贝莉登记幼儿园入学,二〇〇九年之前他没有填报过所得税申报单……"

我愣在那里。"就在那一年,他和贝莉搬到了索萨利托。"

"没错。欧文·迈克尔斯的行踪记录就是从这里开始的。从那时起,他的情况就与你告诉我的基本吻合了,比如他们的家,贝莉的学校,还有他的工作,等等。当然,他很聪明,买了一栋船屋,而不是那种真正的房子。这样就会减少书面记录。那块地甚至都不是他的,更像是租来的,这样更难跟踪。"

我感到头晕目眩,捂住了眼睛。

"关于搬到索萨利托之前的情况,我没有找到任何数据能佐证你丈夫告诉你的那些事。他用的是另一个名字,其他事都是他骗你的。他隐瞒了自己的真实身份。"

我呆在那里,艰难地问:"他为什么要这样做?"

"你想知道欧文为什么要改名字?还有关于他的各种细节?"他问道。

我点点头,好像他能看见我似的。

"这个问题,我也问调查员了,"杰克说,"他说,一个人改变身份通常有两个原因,但无论哪一个你都不会喜欢。"

"是吗?"

"信不信由你。最常见的原因是这个人还有一个家,有别的妻子和孩子。他费尽心思在两个家之间周旋。"

"这不可能,杰克。"

"要不你和我们现在的一个客户聊聊,一个石油领域的亿万富翁。他的一个妻子在北达科他州的家庭农场,另一个在旧金山太平洋高地的某个豪宅,就在丹尼尔·斯蒂尔街上。二十九年来,他一直和这两个女人在一起。与其中一个育有五个孩子,与另一个也有五个孩子。她们对此一无所知,只知道他经常出差,是个好丈夫。我们在给他拟定遗嘱时才知道他有两个家。这份遗嘱对照着读肯定很有趣。"

"欧文这么做的另一个原因是什么?"

"假设他没有另一个妻子?"

"是的,假设。"

"伪造身份的另一个原因是,他参与了犯罪活动,这也是我们目前的猜测。"他说,"为了摆脱困境,他隐姓埋名,开始新生活并保护家人。但非常有可能的是,他会再次陷入麻烦,因为祸根并没有消除。"

"这就意味着欧文以前吃过官司?他不仅卷入了桑普公司的欺诈案件,而且还牵涉别的违法活动?"

"这些肯定是他跑路的原因,"杰克说,"他知道桑普公司一旦倒闭,他就会被扫地出门。其实他最担心的是旧事重提,过去的人找上门来。"

"但按照这样的逻辑,他不就是个罪犯吗?"我说,"他改名换姓是为了逃避某个人?一个想伤害他甚至伤害贝莉的人？"

"也许，"他说，"但他为什么不一开始就告诉你呢？"

我一时答不上来。我需要别的理由——一个能解释为什么欧文不是欧文的理由。

"我不知道。也许他加入了证人保护计划，"我说，"这样就能解释格雷迪·布拉德福德为什么来我家了。"

"我也想到了。但你还记得我的朋友亚历克斯吗？他有个朋友是美国法警高层人员，帮我查了一下，欧文不在证人保护计划中。"

"他告诉你了吗？"

"对。"

"什么保护计划？"

"不是什么重大计划。不管怎样，他的情况与证人保护计划中某个人的材料不一致。"这个人做着一份普通工作，报酬不像欧文那么高。他也不住在索萨利托，而是在爱达荷州卖轮胎。这都算是落了个好结果。大部分证人并不像你在电影里看到的那样苦尽甘来，而是中途遭到抛弃，钱包里只有一点现金和几张新身份证，还有告别时人们的祝福。"

"然后呢？"

"依我看，有两种可能。他有罪恶感而且逃了很久了，也许就是因为这个才被困在桑普公司。当然也可能与桑普公司无关。不好说。但如果被捕了，他过去的事就会被抖搂出来，所以他只能跑路自救。或者，就像你说的那样，他逃跑是因为这是保护贝莉的最好办法。他绝不会让她卷入自己导致的后果中。"

这是自咨询他以来，杰克第一次分析得如此透彻，我震动不已。他所说的也是我一直在思考的。如果欧文犯的事只会让自己吃苦头，他会选择留在我们身边。他绝不会退缩的。但要是连累到贝莉，他会毫不犹豫另择他途，哪怕远走高飞，永不相见。

"杰克，即使你是对的，即使我不了解所嫁男人的全部情况……但我知道除非万不得已，他绝不会离开贝莉，"我说，"暂且不考虑我，如果打算就此一去不返，他一定会带她一起离开。她是他的一切。"

"两天前他才编造了自己的全部人生，你觉得可能吗？他早已谋划好了。"

旅馆走廊地毯上绣着紫红色的玫瑰图案，我盯着它，仿佛可以从中获得一丝安慰。

这太不可思议了。你的丈夫正在逃离过去的自己，那是一个你连姓名都不知道的人，你该怎么办呢？你想争辩说，肯定是哪里出错了，这怎么可能？

"杰克，我等会儿回房间后怎么和贝莉说呢，说关于她父亲的一切与她知道的完全不同吗？我不知道该如何告诉她。"

他一反常态地沉默不语。过了一会儿说："要不和她说些别的事情?"

"说什么?"

"说你计划让她远离这一切。"他说,"至少在事情解决之前。"

"但我没有计划啊。"

"你可以有。你完全可以让她远离这一切。你们来纽约吧。我在道尔顿的董事会有朋友。贝莉可以在那里完成学业。"

我闭上了眼睛。好像又回到了从前我与杰克的通话。我们分手时,杰克说我不爱他。我没和他争论。我确实对他不太上心,总感觉他身上缺点什么。而那缺少的正是我和欧文拥有的。但如果杰克对欧文的看法是对的,那欧文和我之间的关系就不是我想的那样。也许我们的关系确实没那么美好。

"非常感谢你的提议,听起来也确实不错。"

"但是……"

"如你所说,我们来这里是因为欧文失踪了,"我说,"但我不能像他一样一走了之,我一定要把事情弄个水落石出。"

"汉娜,你得为贝莉着想啊。"

我打开房门往里看。贝莉像个婴儿一样蜷缩在床上,睡得正香,紫色的头发垂了下来。我关上门,回到大厅。

"我是在为贝莉着想,杰克。"

"你不是在为她着想,"他说,"要不然你就不会寻找那个在我看来贝莉应该远离的人了。"

"杰克,他是她爸爸。"

"也许应该有人提醒他。"

我什么也没说,透过玻璃墙看着下面的中庭。佩戴名牌的酒店员工正在酒吧里休息,情侣们手牵手走出餐厅,一对儿筋疲力尽的父母抱着熟睡的孩子和足够开一家商店的乐高玩具。从这么远的地方看去,他们看起来都很开心。当然,这只是我的猜想。但就在那一刻,我希望自己摇身一变成为他们中的一个,而不是像现在这样,躲在酒店八层的走廊里,努力弄清楚自己的婚姻是不是一个彻彻底底的谎言。

一股怒火油然而生。母亲离开后,我自认为有不错的观察力,能看到一个人身上最细微的东西。如果三天前有人问我,我会说我对欧文了如指掌,但现在他就像一个陌生人,而我正打算从头开始认识他。

"对不起,"杰克说,"我的话有点难听。"

"岂止是有点?"

"听着,我只是说,如果想换个地方生活,我这里随时欢迎你们,没有任何附加条件。"他说,"但如果你不接受我的建议,至少制订一个计划,在毁掉那个女孩的生活之前,让她相信你心中有数。"

"这种情况下,谁还能心中有数,杰克?"我说,"谁会遇到这种情况?"

"很显然,你知道自己在做什么。"

"这话还差不多。"

"来纽约吧,"他说,"这是你们目前最好的选择。"

八个月前

"我不想去。"贝莉说。

我们当时站在伯克利的一个跳蚤市场门口。欧文想去逛逛,但贝莉想回家。两个人争执不下。很少见他俩闹成这样。

"我们说好的,"欧文说,"来旧金山时就说好了,不如接受现实吧!"

"我们是说好去吃点心。"

"点心很好吃,不是吗?"欧文说,"我把最后一个猪肉包都给你了,汉娜把她的也给你了,你多吃了两个。"

"你什么意思啊?"

"做个好孩子,我们进去吧,就半个小时,怎么样?"

她转身走在我们前面,进了跳蚤市场——离我们十英尺,这样就不会有人猜到我们是一起的了。

她和父亲的谈判结束了。很显然,她也算是给我过完了生日。

欧文抱歉地耸耸肩，说："欢迎来到四十岁。"

"哦，我还不到四十，"我说，"我二十一岁。"

"哦，是的！"他笑了，"好，我还有十九次给你过生日的机会。"

我俩双手紧握。"我们为什么不回家呢？"我说，"早午餐太棒了。贝莉想回家了……"

"没事的，她很好。"

"欧文，这没什么大不了的。"

"是没什么大不了的，"他说，"对她来说，逛一个可爱的跳蚤市场并不是什么大不了的事。走半个小时也没事。"

他弯下身来吻我，然后我们往里走。刚进前门，一个身材高大的男人走出来，他停下脚步，在欧文身后喊道。

"不会吧。"

这个人戴着棒球帽，穿着运动衫，手里拿着一个黄色天鹅绒灯罩，上面还贴着价签。

他伸手拥抱欧文，灯罩笨拙地敲着欧文的后背。

"真不敢相信是你，"他说，"有多久没见了？"

欧文小心地挣脱出来，以防打碎灯罩。

"二十年？还是二十五年？"他说，"舞会之王怎么会错过聚会呢？"

"不想打击你，伙计，你认错人了，"欧文说，"我从来没有当过什么王，问问我妻子就知道了。"

欧文向我打手势。

那个人朝我笑了笑。"很高兴见到你，"他说，"我是韦伦。"

"汉娜。"

然后他又转向欧文。"等一下。你没上过得克萨斯州罗斯福中学？1994级的？"

"没有。我上的是马萨诸塞州的牛顿中学，"欧文说，"年份倒是没错。"

"老兄，你和我同学除了发型简直一模一样。没有冒犯的意思。"

欧文耸耸肩。"没事。"

"真是一模一样。"他摇摇头，"不是他也好，他就是个混蛋。"

欧文笑了。"不要生气。"

"你也是，不要生气。"韦伦说完就朝停车场走去，没走几步又转过身来。

"你认识上过罗斯福中学的人吗？"他说，"表亲什么的？远亲？"

欧文笑了一下。"对不起，伙计，"他说，"不想让你失望，但我确实不是你认识的那个人，也不认识罗斯福中学毕业的人。"

对不起，我们还在营业

杰克的话在我脑海中萦绕。欧文·迈克尔斯不存在，欧文不是欧文，如此重要的事他竟然骗了我。贝莉也不是贝莉，他竟然也骗了她。这怎么可能？我心中的欧文绝不会做这样的事，我非常了解他。我是一个忠实的伴侣，又或者是一个十足的傻瓜。

说实话我对他的了解是有限的。二十八个月前，一个男人走进了我在纽约的工作室。他穿着运动夹克和匡威运动鞋。那天晚上在去剧院的路上，他带我去第十大道的一家小吃店吃饭，给我讲述他始于马萨诸塞州牛顿市的人生故事。他在牛顿高中读了四年，在普林斯顿大学读了四年，然后和大学恋人搬到华盛顿州的西雅图，又和女儿搬到了加利福尼亚州的索萨利托。认识我之前，他有三份工作，两个学位和一个妻子。他在一次车祸中失去了爱妻。十多年后，谈及那场车祸，他仍脸色阴沉，不愿多说。然而他的女儿，是他生命中的亮光——他那倔强、独一无二的女儿。他们父女俩搬到了北加州的小镇，因为她在地图上指了它。他说，那我们就去那里吧。这是他能为她做的事。

但女儿对他的了解也是有限的。迄今为止，她生命中的绝大部分时间都是在加州的索萨利托度过的。她和父亲相依为命，住在一座船屋里。父亲从不错过她的橄榄球比赛或她在学校的戏剧表演。周日晚上二人会在她选择的餐馆吃饭，每周去看一次电影。他们经常去旧金山博物馆参观，也经常参加社区的聚餐活动，还有一年一度的烧烤。除了一些照片，她已记不起索萨利托之前的生活：魔术师参加的生日聚会、看马戏时冲小丑哭、得克萨斯州奥斯汀的婚礼。那些残缺的记忆由父亲的讲述补全。一个人可以用所爱之人的故事和记忆来填补人生。

如果有人像他这样骗你，那你是谁？他又是谁？你以为你认识的那个人，你最爱的那个人，海市蜃楼般消失不见了，而生命中至关重要的那部分仍然真实无比，他对你的爱也是真实的。假如这也是谎言，你该如何面对这一切？

难道贝莉不会对自我产生怀疑吗？

∽

刚到午夜，贝莉就醒了。

她揉了揉眼睛，发现我正坐在椅子上看着她。

"我睡着了?"

"是的。"

"几点了?"

"不早了,继续睡吧。"

她坐起来。"你在旁边看着,我睡不着。"

"贝莉,你去过你父亲小时候在波士顿的家吗?"我说,"他带你去看过他家的房子吗?"

她困惑地看着我。"他小时候生活的地方?"

我点点头。

"没有,他从没带我去过波士顿。他自己也几乎没回去过。"

"你从没见过你祖父祖母吗?"我说,"你从来没和他们待过?"

"我出生前他们就去世了,"她说,"你知道的。怎么了?"

谁来帮她填补这个空白或黑洞?我不知道从哪里开始。

"你饿了吗?"我说,"晚饭都没吃,肯定饿了。我快要饿死了。"

"什么?你一个人吃了两个人的饭,还说饿?"

"穿好衣服,好吗?"我说,"赶紧。"

她看了看酒店的荧光收音机钟。"现在是半夜。"

我穿上毛衣,把运动衫扔给她。她低头看着,双腿交叉,匡威运动鞋从兜帽下探出头来。

139

她穿上运动衫,将兜帽往下推,直到紫发露出来。

"至少给我来杯啤酒吧?"

"不可能。"

"我是可以喝酒的。不信你看看假身份证上的年龄。"

"穿好衣服。"

5

木兰咖啡馆在奥斯汀以通宵营业而闻名。时间已是午夜十二点四十五分,音乐播放不停,摊位人满为患。

我们点了两大杯咖啡和一份姜味煎饼。贝莉似乎很喜欢这种甜甜的,有黄油、椰子糖和香蕉的煎饼。看她吃下这些东西,我心里似乎也好受些了。

我们坐在门边,"对不起,我们还在营业"的红色霓虹灯标识闪烁着。我对着它眨了眨眼,想着如何说给贝莉杰克告诉我的那些话。

"看来你父亲并不总是用欧文·迈克尔斯这个名字。"

她抬头看着我。"你说什么?"

我声音不大,但语气坚决。我告诉她,她父亲不仅改名换姓,还将很多生活细节改得面目全非。他不是在马萨诸塞州长大的,他不是普林斯顿大学的毕业生,也没有在二十二岁时搬到西雅图。至少目前无法证明他做过这些事情。

"谁告诉你的?"

"纽约的一个朋友,他和一个专门调查这类事情的调查员合作。调查员认定你父亲在搬到索萨利托不久前换了身份。"

她低头看着盘子,就像听错话一样,满脸困惑。

"他为什么要这么做?"说这话时她没看我。

"我猜他是想保护你,贝莉。"

"他人都不见了还保护我?他说过如果一个人在逃避什么,那通常是逃避自己。"

"不好说。"

"唯一能确定的就是他骗了我。"

她的怒火渐渐升起。可以理解。发现世界上最爱她的人竟然撒了弥天大谎,哪怕这么做是为了她好,他别无选择。

"他也骗了我。"

她抬起头。

"我说,他也骗了我。"

她歪着头,好像在琢磨我说的是不是实话。这孩子遭此打击后估计都不敢轻易相信别人了。不管怎样,得确保我是她可以信任的人,一切都取决于她还能否相信别人,相信这个世界。

她脆弱无助地看着我。我一句话也说不出来。我不忍看她,也无法承受她的目光。

我突然明白从前的我做错了。我以为如果我足够好,足够贴心,她就会依靠我。但事实并非如此。只有当你绝望无助筋疲力尽时,你才想要依靠别人,指望别人。

我现在要为她做的就是祖父为我做的,不惜一切代价让她感到安全。

"那么……不光是他,对吧?"她说,"如果事情确实像你说的那样,那我也不是他所说的那个人?我的名字和其他的一切……他都改了?"

"如果杰克是对的,"我说,"那么,现在的你和以前的你,从某种意义上,并不是同一个人。"

"所有的细节也都不一样?"她停了一下,"比如……我的生日?"

我仿佛听到她心碎的声音。

"我的生日并不是我真正的生日?"

"很有可能。"

她往下看,目光从我身上移开。"一个人似乎应该知道自己的生日。"她说。

我强忍泪水,抓紧桌子。这个时候我不能哭。

她双手交叉放在桌上,泪水盈眶,看上去十分痛苦。

"贝莉,我知道这很糟糕,"我说,"但不管事情到底是怎么回事,不管你父亲隐瞒了什么,都不会改变,你还是你自己。"

"可是我怎么就不记得人们叫我别的名字呢?也不记得我在哪里住过?至少这些我应该记得,不是吗?"

"你自己也说过,当时你还是个孩子。而你变成贝莉·迈克尔斯时,才刚刚懂事,之前的事情都记不住了。"

"能记住的只有他了?"

我又想起了伯克利跳蚤市场上的那个人,那个称欧文为舞会之王的人。欧文当时很冷静,一点也不惊慌。他能伪装得这么好说明什么呢?

"你记得有人叫你父亲别的名字吗?在索萨利托?"

"你是说昵称?"

"不,另一个完全不同的名字?"

"没有,我不知道……"她把咖啡推到桌子对面,"这太不可思议了。"

"理解你。"

她用手捻着头发,涂了黑色指甲油的手指把紫色的头发揉乱,若有所思般眨着眼睛。

"我不知道别人怎么称呼他,"她说,"我从来没注意过,我为什么要注意呢?"

她索性坐在那里,一副再也不去想的样子。她太累了。这也不怪她,一个十六岁的孩子,在一个陌生的地方,突然发现生命中最重要的人竟然伪装得如此之好。

"我们走吧,"我说,"时间不早了。回旅馆去睡一觉吧。"

我正要站起来,贝莉阻止了我。"等等……"

我又坐下来。

"几个月前,鲍比跟我说过一件事,"她说,"当时他正在申请大学,想让我父亲给他写一封普林斯顿大学校友推荐信。但他在工程学院毕业生和普通学院的校友名单上都找不到欧文·迈克尔斯。我说他一定是找错地方了。后来申请了芝加哥大学，也就不再提这事了。我甚至都忘了去问父亲，我以为鲍比不知道如何操作校友数据库之类的软件。"她停了一下，"我其实应该问他来着。"

"你应该问问的。"

"你觉得他会告诉我吗？"她说。"他会带我出去散步、聊天，告诉我真相？说关于我的一切都是谎言？"

灯光昏暗，我看着她，想起了和欧文说的去新墨西哥度假的谈话。他真的想让我去吗？如果我再坚持一下呢？

"我不知道。"

我希望她说，这太不公平了。我希望她生气。但她没有，她很冷静。

"他怕什么呢？"

这话戳中了我。这才是关键。欧文在逃避他害怕的东西。

"等我们弄清楚了，就知道他现在在哪儿。"

"哦，好吧，听起来很简单。"

说完她笑了，泪水在眼睛里打转。就在我以为她想离开这里，回到旅馆，回到索萨利托时，她似乎稳下心来，下了决心。

"那我们现在怎么办？"

我们。我们在奥斯汀南的通宵餐厅，不知所措，但同舟共济。不管欧文隐瞒了什么，不管他在哪里，我俩一定要找到他。

"现在，"我说，"我们解决这个问题。"

两人能玩那个游戏

我等到第二天早上,确定自己冷静下来后再打电话。

我把笔记整理好,穿上背心裙,轻轻关上房门,下楼穿过熙熙攘攘的大厅,走到大街上。

现在是早高峰时段,但街上安静有序,湖面平静无波。上班族们穿过国会街大桥前往办公地点,父母们送孩子上学。人们又开启了一天日常而幸福的生活。

我从口袋里拿出那张弗雷德餐巾纸,格雷迪的手机号码下面画了两道线。

我打开手机,输入号码前按了67键,这样他就不容易发现我的位置。

"格雷迪。"他接起电话说。

事情到了这个份儿上,我实在是没办法了,只能大着胆子撒谎。"我是汉娜,"我说,"欧文联系我了。"

我开门见山,没有像平常那样问候。

"什么时候?"

"昨天深夜，大约凌晨两点，他说不敢多说，怕有人偷听，是从公用电话亭打来的，号码被屏蔽了，他语速很快，问我怎么样，贝莉怎么样，还说他与桑普的事没有关系，也不知道阿维特在谋划什么。"

我听到电话那头沙沙作响。他可能在找记事本，觉得某句话有用要写下来。

"告诉我他到底说什么了……"

"他说电话里不安全，让我给你打电话，"我说，"你会告诉我真相。"

沙沙声停止。"真相？什么？"

"我不知道，格雷迪。欧文说得好像你知道怎么回答似的。"

"加州现在还早，"他说，"你起这么早干什么？"

"如果你妻子凌晨两点打电话给你，告诉你她有麻烦了，你还能睡得着吗？"

"我睡得很好，所以……"

"到底是怎么回事，格雷迪，"我说，"为什么得克萨斯州奥斯汀的美国法警，大老远跑到旧金山找一个非嫌疑人？"

"你为什么要骗我说欧文打电话了？"

"为什么查不到欧文·迈克尔斯搬到索萨利托之前的记录？"

"谁告诉你的？"

"一个朋友。"

"一个朋友？你这信息是错的。"

"不见得。"

"好吧，那你有没有提醒他，桑普公司的那款软件就是用来修改网上的记录的？抹去那些不想留下的信息，如在哪儿上的大学，住房记录，等等。这样一来，你在网上就查不到这个人，也看不到他的生平。"

"我知道软件是怎么运行的。"

"那你怎么就没想过，谁有能力删除欧文的记录？"

欧文。他的意思是欧文把自己网上的信息抹掉了。"他为什么要这么做？"

"也许他在测试软件，"他说，"我不知道。但你也太能编了吧，欧文不是你想的那样。"

他想打乱我的节奏，干扰我的思路。我不会让他掌控谈话。我越来越怀疑他了。

"在这之前，在桑普事发之前，他究竟做什么了，格雷迪？他为什么要改名换姓？"

"听不懂你说什么。"

"你听得懂，"我说，"我现在才明白你为什么大老远来旧金山调查你无权管辖的案件。"

他笑了。"根据司法管辖权，由我负责这项调查，对此，你大可放心。你倒是要多想想其他事。"

"什么事？"

"比如你的朋友，联邦调查局探员娜奥米威胁要将欧文列为官方嫌疑人。"

我愣在那里。他是怎么知道的呢？

"我们得抓紧时间，她很快就会带着搜查令去你家。目前我正努力阻止她，但不敢保证能坚持多久。"

如果贝莉无可奈何地回到家，看到房间被翻得乱七八糟，一定会有天塌下来的感觉。

"为什么？格雷迪。"

"什么意思？"

"你为什么要阻止他们？"

"那是我的工作。"

他说得很肯定，但我不相信。我猛地意识到，格雷迪也想帮欧文。因为如果他只是在调查欧文，想抓捕他，那他不必这么费心。肯定有比欧文卷入的诈骗事件更糟糕的事情。我突然感到很害怕。

保护她。

"欧文给我们留了一袋钱。"

"你说什么？"

"他留给贝莉的，一大笔钱。要是有人拿着搜查令来我家，我可不想让他们发现，更不希望拿它来对付我，或把它作为带走贝莉的理由。"

"那可不好办了。"

"钱就在厨房水槽下面，直到现在我都不知道是怎回事。"

他沉默片刻。"好吧,感谢你。我知道这件事总比他们知道要好,"他说,"我让旧金山办公室的人去你家拿。"

我望向窗外,掠过伯德夫人湖,看到奥斯汀市中心的建筑和沐浴在晨光中的树木。格雷迪就在其中一栋楼里开始了新的一天。突然觉得格雷迪离我是如此的近。

"现在不是时候。"

"为什么?"

我忍不住想告诉他我们在奥斯汀,但不能确定他是敌是友。也许每个人都似敌似友,包括欧文。

"贝莉起床之前我要做些事,"我说,"我在想……也许我应该带贝莉去别的地方,直到一切都平静下来。"

"比如哪里?"

我想起了杰克的提议,纽约。

"不确定,"我说,"我们不一定非得在索萨利托那里,想去哪里就去哪里,你说呢?"

"当然了。但我觉得那样不太好。"他停住了,好像想到了什么。

"等等。"

"什么?"

"你说我们不必待在索萨利托那里。如果你在家,你就会说'这里',会说'我们不必待在这里'。"

我没接他的话。

"汉娜,我派同事去你家了。"

"那我去煮点咖啡。"

"我没开玩笑。"

"没说你开玩笑啊。"

"那你现在在哪儿?"

如果格雷迪想追踪我的电话是很容易的。我想他已经在追踪我了。看着格雷迪的家乡,我想知道这个城市对我丈夫来说意味着什么。

"你担心我在哪呢?格雷迪。"

他还没来得及回答,我就挂断了电话。

一年前

"这是你想来就来的地方吗?"我开玩笑说。

欧文通常不会在工作日来这里。他的办公室在帕洛阿尔托,有时去旧金山市中心开会。除非贝莉需要,他平时白天很少在家。

"如果可以的话,我愿一直待在这里,"他搓着双手说,"我们一起做点什么吧?"

他喜欢参与木雕活,我总是想自己是爱对人了。

"你这么早回家干什么?"我问,"没什么事吧?"

"那得看情况。"

他掀开面罩,吻了我一下。我还穿着高领夹克。

"我的椅子完工了吗?"

我回吻了他,搂着他的肩膀。

"还没有。"我说,"再说那也不是你的椅子。"

那是我为圣巴巴拉的一位客户做的温莎椅,放在办公室用的。欧文一看见这把还没完工的椅子就舍不得放手,这件作品是用深色的榆木做的,棱角分明,加高的环形椅背更是让它别具一格,他觉得这就是给他准备的。

"走着瞧。"

这时电话响了,他低头看了看来电显示,脸色瞬间阴沉起来,然后按了拒绝键。

"是谁?"

"阿维特,"他说,"我过会儿给他打过去。"

他显然不想谈。但看他焦躁不安的样子,我觉得有必要问清楚。

"他怎么了?"

"他有些不理智。"

"什么?"

"首次公开募股的事,"他说,"没什么大不了的。"

但很明显他心里一团糟。

我在想如何安慰他。我不需要在办公室工作,也不需要面对像阿维特这样的老板。看到欧文承受的压力越来越大,我想告诉他那只是一份工作,大不了辞职不干。

电话又响了,还是阿维特。欧文低头看着,手悬在半空,似乎在犹豫要不要拿起来。这次他不但按了拒绝键,索性把手机也装进了口袋。

"不管说多少遍,阿维特都不愿意听,"他说,"哎,真不知该怎么办。"

"我祖父过去常说,大多数人都不想听那些能让事情变好的建议,"我说,"他们只想知道如何才能让事情变得容易。"

"那他说怎么办呢?"

"换人。你懂的,从头来过。"

他歪着头,看着我。"你说到我心里去了。"

"嗯,是祖父说的,不过,当然……"

他拉住我的手,笑容满面。好像什么都没发生,或者至少事情没那么严重。

"别说了,"他说,"去看看我的椅子吧。"

他把我拉向门口,朝后院和露台走去。那把刚刚打磨过的椅子正晾在那里。

"不要坐。"我说,"有人预定了,那位女士付了我们一大笔钱。"

"祝她好运,"他说,"占有者在诉讼中通常占上风。"

我笑了笑。"你对法律还挺在行的?"

"不敢当。一旦坐上,就是我的了。"

删除所有历史记录

上午十点，酒店咖啡馆的灯光就被调暗，一派热闹的景象。

我坐在吧台前，喝着橙汁，周围很多人都在喝酒。

我盯着那排播放新闻节目的电视机，大多数新闻都在报道桑普公司的事。美国公共电视网在播放阿维特·汤普森戴上手铐被押走的镜头。微软全国广播公司在播放贝尔在《今日》节目中的采访预告，她称逮捕阿维特就是对正义的践踏。美国有线电视新闻网不断提示越来越多的人将会受到起诉。一切似乎都在证实格雷迪的猜测，欧文的麻烦会越来越多。不管他在哪儿，都难逃法网。

一想到欧文的处境，我就心如刀绞，我多想帮他摆脱困境。

我拿出记事本，又看了一遍格雷迪说的话，回忆每个细节。他说欧文有可能删掉了自己的网上记录，我觉得这不可能，但兴许顺着他的话能找到些有用的东西。

有些东西是无法抹去的,哪怕是无意中透露出来的。

我将欧文的私事列了一份清单,那些记忆中奇怪的事,比如罗斯福高中。我查了一下,发现有八十六所罗斯福高中分布在美国各地,但没有一所在马萨诸塞州附近,其中的八所分布在得克萨斯州圣安东尼奥和达拉斯。

我在这些地方做了标记,又想起欧文那晚在酒店将存钱罐放在吧台上的事。顺着这条线索,又想到了一些其他关于存钱罐的事。我给朱尔斯发了条短信,让她帮我查一下,然后继续回忆着。

欧文曾在深夜告诉我一些故事,那些只有生命的见证人才能分享的故事。他无意中分享的故事绝不可能是假的。

不到十六岁时欧文和父亲乘船游览东海岸,这是他唯一一次和父亲单独相处。高三时,他把女友的狗放跑了,又因为花一下午时间找狗而被解雇——那是他的第一份兼职工作。他曾和伙伴们偷偷溜进午夜电影院观看《星球大战》,凌晨两点四十五分回家时,父母还在等着他。

关于他为什么喜欢工程和技术,他说,大学一年级的时候,他选修了他所崇拜的一位数学教授的课。虽然教授说欧文是他教过的最差的学生,但他将现在的职业生涯都归功于这位教授。他告诉我教授的名字了吗?托拜厄斯?牛顿?还是纽豪斯?

我飞快地跑上楼,回到房间叫醒贝莉。关于教授的故事,她肯定听过很多次。

我把被子掀开,在床边坐了下来。

"我在睡觉。"

"不要睡了。"

她不情愿地坐起来。"什么事?"

"记得你父亲的教授的名字吗?他非常喜欢的那个,大一时教过他。"

"听不懂你说什么。"

我知道贝莉听过无数次这个故事,欧文曾用这个故事教育她坚持做自己。我耐着性子,没有发作。

"你知道这个故事,贝莉。教授教的是规范理论和全局分析这门难度很大的课程。你父亲很喜欢谈论他。那个教授说你父亲是他教过的最差的学生,这反而促使他全力以赴,投入学习,记得吗?"

贝莉点点头,想起什么似的说:"你是说那个把我父亲的期中考试成绩张贴起来的人,吃一堑长一智。"

"没错,没错!"

"热情激励着你,不要知难而退,要迎难而上……"她模仿着欧文的声音,"孩子,你要加倍努力,这样才能做得更好。"

"对,对,就是他。他的名字好像是托拜厄斯,但我要全名。你记得吗?"

"怎么了?"

"你先告诉我,贝莉?"

"他有时叫他的姓。是以 J 开头的,是吗?"

"有可能。我也不知道。"

"不……是库克……他叫他库克,可能是库克?"她说,"还是库克曼?"

我猜的根本不靠谱,不禁笑出声来。她一说,我就知道是对的。

"这么好笑?"她说,"吓我一跳。"

"没什么,太好了,这正是我想知道的,"我说,"继续睡吧。"

"不睡了,"她说,"告诉我你发现什么了。"

我打开手机,把名字输入搜索引擎。有多少教授叫托拜厄斯·库克曼,而且还是教大学数学的?更具体地说,是教规范理论和全局分析的。

我找到一个教理论数学的,一位获得数十项荣誉和奖项的教授。一组照片弹出,照片中他看起来就像欧文描述的那样乖戾。眉头紧锁,皱纹深陷。不知为何,几乎每张照片他都穿着红色牛仔靴。

托拜厄斯·库克教授。

他从未在普林斯顿大学工作过。

过去的二十九年里,他一直在得克萨斯大学奥斯汀分校教书。

难道这不是科学吗？

这次我们坐出租车。

贝莉低着头，眼睛一眨不眨，一副惊呆的样子。我心慌意乱，努力保持镇静。尽管杰克告诉我欧文改名换姓，关于他的生活细节也千差万别，但如果发现欧文确实是库克教授的学生，就真的坐实了欧文一直在撒谎。我的直觉是对的，奥斯汀是关键。我们离真相近了一步，感觉就像打了一场胜仗。但我不确定是否真的想赢下这场仗。

出租车停在了自然科学学院，面前是比我就读的文理学院更高大、更宽敞的大楼。

我转身看着贝莉，她正在欣赏这些被绿树环抱的建筑。

我们不是来旅游观光的，但这样的风景却让人眼前一亮，尤其是当我们走过绿地，穿过通向数学系的小桥时。

这座建筑是得克萨斯大学数学、物理和天文系所在地。一面墙上写满了从这里毕业的美国最优秀的科学和数学学生姓名。这里也是诺贝尔奖得主、沃尔夫奖得主、阿贝尔奖得主、图灵奖得主和菲尔兹奖得主的家园。

也是菲尔兹奖得主，库克曼教授奉献一生的地方。

乘电梯去办公室时，我们看到一张库克曼教授的大海报。眉头紧锁，皱纹深陷。

海报上写着：得克萨斯科学家改变世界，还列出了库克曼教授的研究和奖项。他是菲尔兹奖得主，也入围过沃尔夫数学奖。

贝莉从手机里调出一张欧文的照片，这是他最早的照片，希望库克曼教授能看看。

这张照片是十年前贝莉在学校首演后拍的。照片上她穿着演出服，笑容灿烂，面前是比她还高的一大束鲜花，欧文自豪地搂着她的肩膀，笑容满面。

我实在不想看那照片。照片被放大时，欧文的眼睛明亮活泼，看上去自由自在。

我一边走，一边朝贝莉笑了笑，表示支持和鼓励。一个研究生坐在办公桌后面，戴着黑框眼镜，正专心批改一叠厚厚的学生论文。

她没有抬头，也没有放下红笔，而是清了清嗓子。

"有什么能帮忙的吗？"她说，听起来很不情愿似的。

"我们想和库克曼教授谈谈。"我说。

"一看就知道是找他的，"她说，"什么事呢？"

"我父亲是他多年前的学生。"贝莉说。

"他在上课，"她说，"你们预约了吗？"

"约了。贝莉来这里是因为她想像她父亲一样成为得克萨斯州大学的学生,负责招生的尼尔森·西蒙森建议她今天旁听库克曼教授的课。"

她抬起头,问道:"你说负责招生的谁?"

"尼尔森。"我努力推销刚编出来的这个名字,"他说如果库克曼不能说服贝莉来这里,那就没人能了。他建议我们今天来旁听他的课。"

她扬起眉毛,略显惊讶。很显然,我以昵称来称呼教授的做法打消了她的疑虑。

"好吧,课已经上了一半,但如果想听剩下的课,我可以带你们去……"

"太好了,"贝莉说,"谢谢。"

她翻着白眼,爱理不理的样子。"跟我来。"

我们跟着她走出办公室,走下楼梯,来到一个大报告厅。

"进去后,"她说,"不要停下来,也不要看库克曼教授,直接走到教室后面。明白吗?"

我点点头。"明白。"

"如果你扰乱课堂,他会让你走人的,"她说,"千万记住。"

她打开门,我赶紧道谢。她把手指放在嘴边,示意我不要说话。

她随手关上门走了,只剩我们两个。

那就照她说的做吧。我们登上楼梯,进了教室,径直朝教室后面走去。教室里座无虚席,大概有八十多名学生在听讲。

我向贝莉示意后墙处的一个位置,尽量不引起别人的注意。

讲台后面的库克曼教授,看起来六十岁左右,即便穿着那双红色牛仔靴,身高也不足五英尺五英寸。

台下的学生全神贯注,没人窃窃私语,没人开小差。

库克曼教授转身在黑板上书写时,贝莉向我靠过来。

"尼尔森·西蒙森?"她低声说,"是你编的吗?"

"我们不是已经来这儿了吗?"

"嗯。"

"所以又有什么关系呢?"

我以为我们声音不大,没想到后排的人转过身来看着我们。

更糟糕的是,库克曼教授也停下来,转过身,全班学生跟着他看向我们。

我的脸唰地红了,赶紧低下头。他瞪着我们。时间大概不超过一分钟,感觉却如此漫长。

谢天谢地,他终于转身回到黑板前,继续讲课。

我默默地观察着讲台下的情形,很快就明白学生们为什么那么聚精会神了。库克曼教授虽然身材矮小,却令人印象深刻。他上课就像在表演,既引人入胜又让人提心吊胆。他只点那些不举手的学生的名。当他们说出答案时，库克曼又看向别处，不置可否。而当学生回答不上来时，他就盯着他们，然后再问别的学生。

黑板上写下一个方程式后，他宣布下课。学生们鱼贯而出，我们走下楼梯，他正站在桌旁收拾背包。

他没看见我们似的，整理着文件，随即开口说：

"你有打断别人讲课的习惯吗？还是说我哪儿出问题了？"

"库克曼教授，"我说，"很抱歉。我们无意冒犯。"

"你觉得道歉有什么用？"他说，"你们到底是谁？来这儿做什么？"

"我是汉娜·霍尔，这是贝莉·迈克尔斯。"

他打量着我们，好像在搜寻更多的信息。

"我们想打听一个人，他是您以前的学生，"我说，"希望您能帮助我们。"

"我为什么要帮你？"他说。

"您可能是唯一能帮助我们的人。"我说。

他盯着我，好像刚看到我。我向贝莉示意，她把手机递给库克曼教授，屏幕上是她和父亲的合影。

他把手伸进衬衣口袋，掏出眼镜，看向手机。

"照片里站在你旁边的那个人？"他说，"是这里毕业的学生吗？"

她点点头，不说话。

他歪着头，看了看照片，努力回忆起来。

"如果没记错毕业年份的话，二十六年前他应该是您的学生，"我说，"您还记得他的名字吗？"

"你知道他二十六年前上过我的课，"他说，"却不知道他的名字？"

"我们知道他现在的名字，但不知道他的真名，"我说，"说来话长。"

"长话短说。"

"他是我父亲。"贝莉说。

教授停下来，抬起头，看着她。

"你是怎么将他和我联系在一起的？"

贝莉看起来很累，不想回答的样子。她朝我做了个手势，示意我来回答。

"事实证明，我丈夫编造了很多他的生活细节，"我说，"但关于您的故事，以及您对他的影响却没有撒谎。他很怀念您。"

他又低头看了看照片。就在那一刻，我看到他眼里闪过一丝亮光。我看向贝莉，她也注意到了教授眼神的变化。

"他现在叫欧文·迈克尔斯，"我说，"但他做您的学生时，用的是另一个名字。"

"他为什么要改名呢？"

"这正是我们想知道的。"

"这些年，我教过很多学生，不敢说记得他。"

"那是您教书的第二年,希望能帮您回忆一下。"

"也许你没记错,但对我来说,往事越遥远,回忆就越困难。"

"根据我最近的经验,远近都差不多。"我说。

他微笑着,看着我。或许是想到了我们正在经历的事情,他语气温和下来。

"对不起,我帮不上什么忙……"他说,"不过可以去注册办公室看看。他们可能会给你们指条明路。"

"那我们要问什么呢?"贝莉说。

她努力控制着,看得出是生气了。

"你说什么?"他说。

"我是说,我们要问他们什么?档案里有个学生现在叫欧文·迈克尔斯,以前用的却是别的名字?"她说,"这个人显然已经蒸发了?"

"你说得没错。他们也可能帮不上你……"他说,"但我真的帮不了你们。"

他把手机还给贝莉。

"祝你们好运。"

然后他把包背在肩上,向出口走去。

贝莉低头盯着手机,看起来既害怕又绝望。库克曼教授离开了,找到欧文的希望愈发渺茫。我不想就此罢休,追了上去。

"我丈夫是您教过的最差的学生。"

库克曼教授停下脚步,转过身。

"你刚才说什么?"

"他总是跟我们说自己已经竭尽全力学习,您却把他的成绩单公之于众,以警后人。但这没有让他沮丧,他要向您证明自己。"

他还是什么也没说。

贝莉伸手抓住我的胳膊,想把我拉回来。

"他听不懂的,"她说,"我们该走了。"

她出奇地冷静,这似乎比她失去理智还要糟糕。

库克曼教授仍站在那里不动。

"我确实把它裱起来了。"

"什么?"贝莉说。

"他的试卷。我把它裱起来了。"

他向我们走来。

"那是我教书的第二年,比学生大不了多少,我只是想展示我的权威。我妻子最后还是让我把试卷拿下来扔了,她说一次糟糕的期中考试没什么大不了的。一开始我不这么认为。那张试卷在镜框里装了很长时间,其他学生吓得屁滚尿流,这才是关键。"

"没人想考得那么差?"我说。

"尽管我告诉学生他后来变得非常优秀,但他们仍心有余悸。"

他拿过贝莉的手机看起来。

"他做什么事了?"他说,"你父亲。"

他径直问贝莉。我以为她会对桑普公司和阿维特·汤普森的事做个简短描述,会说我们不知就里,弄清真相困难重重。但她摇摇头说:"他骗了我。"

在她看来,这是欧文所做的最糟糕的事。

他点点头,好像说这就够了。库克曼教授。昵称库克。获奖数学家。我们的新朋友。

"跟我来。"他说。

一些学生比其他学生优秀

　　库克曼教授带我们回到他的办公室，煮了一壶咖啡。办公桌前的研究生谢丽尔比以前殷勤多了，她打开了几台电脑，另一个研究生斯科特在查看文件柜。两人干活都很快。

　　当谢丽尔将欧文的照片拷贝到教授的笔记本电脑上时，斯科特拿出一个大文件夹，"砰"的一声关上柜子，回到办公桌前。

　　"这里保存的考试档案只能追溯到二〇〇一年。这些是二〇〇一年至二〇〇二年的。"

　　"那你还给我？"他说，"我要它做什么？"

　　斯科特被训得目瞪口呆。

　　"去档案馆的文件柜找找，"他说，"给注册办公室主任打电话，给我弄一份九五年的名单。还有九四年和九六年的。这样更全面。"

　　斯科特和谢丽尔离开办公室，库克打开笔记本电脑，屏幕上是欧文的照片。

"你爸爸惹了什么麻烦?"他说,"不介意问的话。"

"他在桑普公司工作。"贝莉说。

"桑普公司?"他说,"阿维特·汤普森的公司?"

"没错,"我说,"大部分代码都是他写的。"

他看上去很困惑。"编程?真没想到。如果你父亲是我教的那个人,他应该对数学理论更感兴趣。他想在大学工作,从事学术研究,编程并非数学的自然延伸。"

我理解欧文,他没有放弃自己热爱的数学,同时又在与其密切相关的领域发挥专长。这样既能获得世俗的名利,又能享受数学带来的美感。

"他是官方宣布的嫌疑人吗?"库克问。

"不是。"我说。

他朝向贝莉说:"不管用什么办法,你一心只想找到你父亲。"

她点点头。库克又朝我问道。

"那他的姓名究竟是怎么改的?"

"我们也想知道,"我说,"他可能去桑普公司前就卷入什么事了,这只是猜测。我们刚刚了解到很多前后不一致的事情。他告诉我们的和……"

"和事情的真相不一致?"

"对。"我说。

我转身看着贝莉。她回看了我一眼,似乎在说,没事的。无论如何,我铁了心要查个水落石出。

库克曼教授盯着电脑屏幕，一开始什么也没说。"那么多学生我都忘了，但没忘记他，"他说，"不过我记得他的头发比较长，而且很浓密，照片上看起来不太一样。"

"但并不是完全不一样？"我说。

"是的，"他说。"不是完全不一样。"

我明白他的意思。我想象着欧文以库克曼教授所描述的样子，以另一个人的身份生活在这个世界上。从贝莉紧皱的眉宇能看出来，她和我一样在想象着欧文昔日的生活。

教授合上笔记本电脑，朝我们靠过来。

"听着，我不会故作惊讶，也不会假装同情。我要说的是，在多年的教学生涯中，我总结出这样一个能让人保持冷静的道理，它原本是爱因斯坦的理论。"

"凡事我们都一无所知。"

贝莉笑了。笑得温柔而真诚。几天来第一次看到她笑。

我真想跳过桌子拥抱库克曼教授。

这时，斯科特和谢丽尔回来了。

"这是九五年春季学期的花名册。九四年，您教的是两个高级研讨班。九六年，您专门教研究生。九五年春天您教低年级学生，您说的那个学生应该就在这个班。"

谢丽尔有些得意地交出花名册。

"班上有七十三个人，"她说，"第一天有八十三个人，但后来有十个人退出了，这属于正常减员。我想您不需要那十个人的名字吧？"

"不需要。"

"我也是这么想的,就帮您把他们划掉了。"那神情就好像她刚刚发现了比原子还小的东西。不过她也确实做到了。

库克曼教授看着这份名单,谢丽尔转向我们。"名单上没有欧文,也没有迈克尔斯。"

"这不奇怪。"

库克一边盯着名单,一边摇着头说。

"很抱歉,我不记得他的名字了,"他说,"他的试卷在办公室墙上挂了很长时间,所以你觉得我肯定记得他。"

"确实过去很久了。"

"记住的话就好了,但这些名字我现在看着都很陌生。"

库克曼教授把名单递过来,我满怀感激,同时又生怕他改变主意。

"七十三个名字比十亿个名字简单得多。再说,总比无处下手要好得多。"

"假设他在名单上。"库克曼教授说。

"是的,假设。"

我低头看着名单,其中五十个是男生,欧文一定在其中。贝莉也在我身后看着。不管怎样,此刻我比以往任何时候都要信心十足。

"非常感谢。"我说。

"很荣幸,"他说,"希望能有所帮助。"

我们站起来准备离开,库克曼也站起来。他看起来并不是很想投入工作,感觉像帮到这个份儿上了,索性弄清楚欧文为何落到这般田地。

我们离开时,库克曼拦住了我们。

"我想说……我不知道他现在怎么样了,但那时候他是个不错的孩子,很聪明。到我这个年纪,很多事不分先后地在脑子里混起来,但早年的事还记得一些,也许是因为年轻时更努力。我记得他是一个很好的孩子。"

我转身看着他。听他这么说我很高兴,甚至感激。这才是我认识的那个欧文。

他微笑着,耸耸肩。"期中成绩很差,不全是他的错。他喜欢班上的一个女生。当然,其他男生也喜欢她。"

我的心快要停止跳动了。贝莉也转向库克曼,那一瞬间她也忘了呼吸。

这是贝莉不得不牢牢记住的一件事,她父亲在大学时爱上了她母亲。他说她就住在隔壁公寓。难道这也是谎言吗?

"她是不是……他女朋友?"贝莉说。

"不好说。我对她印象很深刻。因为他在给我的一封长信中说,她是他成绩一落千丈的原因。他说他恋爱了。我告诉他,除非他的学业突飞猛进,否则我就会把这封信张贴在他那糟糕的试卷旁边。"

"这太丢人了。"贝莉说。

"显然,很有效。"他说。

我低头看了看名单,浏览着那些女孩的名字。总共十三个。我在名单上寻找一个叫奥利维亚的人,但没有找到。当然,我要找的人可能并不叫奥利维亚。

"您记得她的名字吗?那个女孩的名字?"我说。

"我记得她比你丈夫优秀。"

"不是每个人都比他优秀吗?"

库克曼教授点点头。"你说的没错。"

十四个月前

"结婚的感觉如何？"欧文问。

"你觉得呢？"我反问他。

说这话时我们在卡斯特罗区弗朗西斯餐厅，坐在举行小型婚礼用的农场餐桌旁。这一天早上我们在市政厅登记结婚。我穿了一条白色短裙，欧文打了领带，穿了一双新的匡威运动鞋。客人离开时，我们喝完香槟，脱掉鞋子，时间已近午夜。

朱尔斯也在，还有欧文的几个朋友——卡尔、帕蒂。当然，还有贝莉。她对我表现出了少见的慷慨，不但准时到达市政厅，还一直等到我们切完蛋糕。去朋友罗莉家过夜前，她甚至对我笑了笑。这至少表明她今天心情不错，当然也可能是因为欧文允许她喝了香槟。

不管怎样，我赢了。

"做一个已婚男人的感觉很好，"欧文说，"不过我们今晚怎么回家？"

我笑了。"问得好。"

"啊,"他说,"我是说真的。"

他伸手拿起香槟,斟满了我们的杯子然后把椅子挪开,坐在我身后。我向后靠在他身上,吸了一口气。

"从第二次约会开始,我们在爱情这条道路上走了很长时间了。当时你甚至不让我开车送你去吃晚饭。"

"是吗?我忘了,"我说,"但那时我也为你疯狂。"

"说得真好听。那晚之后,我甚至不确定是否还能再见到你。"

"嗯,你确实问了一大堆问题。"

"我想多了解你。"

"这一切都发生在一个晚上对吗?"

他耸耸肩,说:"我要学习成为一个真正的男人……"

我伸出手,摸着他的脸颊,先用手掌外侧,再用手掌内侧。

"你就是个大男孩。"

"这可能是别人对我说过的最好的话。"

"本来就是。"

确实如此。欧文一直保持着淳朴的品性,从工作室第一次见面开始,他给我的感觉就是一个阳光开朗的大男孩,和他相处我感到轻松愉悦,我们能以一种微妙的方式理解对方。只需一个眼神就能告诉对方:离开派对的时间到了,倾诉衷肠的时间到了,放飞自我的时间到了。

这种感觉很微妙,但似乎又像宿命般宏大。当你在某人身上发现了你一直在寻找的东西时,你该如何解释?把它叫作缘分吗?这只是一种偷懒的说法。这更像是找到了家——一个你暗自渴望、常常幻想,却从未去过的地方。

那时我还不确定自己能不能有个家。

这就是他对我的意义。

欧文把我的手拉到唇边,摁住不动。"那么……你要回答我的那个问题吗?"他说,"结婚的感觉如何?"

我耸耸肩。"还不确定。"我说,"现在说为时过早。"

他笑了。"好吧,没关系。"

我喝了一口香槟,也忍不住笑了。我实在是太高兴了。

"原来你还给自己留了一点时间来回答这个问题。"

"用我们的余生来回答,怎么样?"

"希望比这更长。"

如果嫁给了舞会之王……

七十三个学生,五十个是男生。

其中一个可能是欧文。

我们快步穿过校园,走向主图书馆。谢丽尔告诉我们,学校年鉴可能存放在那里。如果能拿到欧文在大学读书时得克萨斯的年鉴,我们就能很快梳理完这份名单。因为年鉴不仅提供学生的名字,还附有照片。欧文上学时极有可能留有照片。

我们走进佩里·卡斯塔涅达图书馆——一个巨大的六层建筑物,来到图书馆研究馆员办公桌前。研究员说我们需要向档案馆提出申请才能获得学校年鉴的纸质副本,也可以通过图书馆的电脑在线访问这些档案。

我们又来到几乎空无一人的二楼计算机实验室,坐在角落。我查看大一大二的年鉴,贝莉看大三大四的。与此同时,我们逐个按字母顺序查找库克曼班上的学生。第一位是来自马里兰州巴尔的摩市的约翰·阿伯特。我在一张滑雪俱乐部的照片中看见了他。他和照片上的欧文不太像——厚厚的眼镜，满脸胡须。但仅凭这一张照片，很难将他排除在外。我们又用谷歌搜索他的名字，找到很多条目，而且他现在和妻子以及两个孩子住在阿斯彭。

接下来的几位男生很容易就排除掉了：一个身高五英尺，一头红色卷发；另一个身高六英尺四英寸，是居住在巴黎的专业芭蕾舞演员；还有一个住在夏威夷火奴鲁鲁，正在竞选州参议员。

搜索 E 开头的人名时，手机响了。那一刻，我想象着是欧文从家里打来的，告诉我事情已经解决了，要我们马上回家。

但打电话的是朱尔斯。

我在酒店酒吧时给她发了一条短信，让她去我家里找那个存钱罐。

我一接起电话就听她说："我在贝莉房间里。"

"外面有人吗？"

"我觉得没有。停车场和码头上也没有人。"

"你把百叶窗关上。"

"已经关上了。"

我看了一眼贝莉，希望她没注意到这通电话，却发现她盯着我。

"你是对的，"朱尔斯说，"存钱罐上确实写着保罗夫人。"

我根本没想到。欧文遗嘱最后一页底部写着管理人L. 保罗。贝莉房间里的蓝色小猪储蓄罐的侧面也写着"保罗夫人",朱尔斯说就在蝴蝶结下面,字体是黑色的。

我们撤离时欧文拿走的就是这个蓝色存钱罐,我当时还笑他多愁善感。现在才发现它如此的重要,欧文不想让它有半点闪失。

"但有点问题,"朱尔斯说,"我打不开。"

"你说打不开是什么意思?"我说,"用锤子砸开。"

"不。存钱罐里有个保险箱,"她说,"而且这东西是钢做的。我得找个开保险箱的人。你有办法吗?"

"没有啊。"

"那我处理吧,"朱尔斯说,"你查看新闻推送了吗?他们起诉乔丹·马华力了。"

乔丹是桑普公司的首席运营官,阿维特的副手,也是与欧文对接业务的人。他离婚后在我们家待过一段时间。那时我邀请朱尔斯来吃晚饭,希望他俩能合得来,但她觉得他很无聊。我那时没看出来他更糟糕。

"郑重声明,"她说,"不要再组局了。"

"好的。"

换作别的时间,我可以和她开个玩笑,说她之所以对乔丹不感兴趣是因为心里还装着马克斯。但此刻,我只想起马克斯可能有内部消息,能帮到我们。

"除了乔丹,马克斯有听到什么消息吗?"我问,"有欧文的消息吗？"

贝莉歪着头，朝我这边看着。

"没有，"她说，"但联邦调查局的信源说，那个软件刚刚起效。"

"什么意思？"

其实我已经猜出那是什么意思。意思是欧文以为自己已脱离险境，朱尔斯打电话给欧文说联邦调查局的人要来我家的时候，他没有料到。他以为能全身而退，却没想到要面临牢狱之灾。

"马克斯给我发短信了，"朱尔斯说，"我找到一个开保险柜的人后给你打电话，好吗？"

"我敢打赌，你肯定没想过自己会说出这些话。"

她笑着说："别开玩笑了。"

挂了电话，我转向贝莉。"是朱尔斯，"我说，"我让她去查看一下房子里的东西。"

她点点头，没问我是不是听到她父亲的什么消息了。她知道，有的话我会告诉她的。

"有什么进展吗？"

"我在查 H 开头的人名，"她说，"还没有找到我们要找的人。"

"已经到 H 了？"

"嗯。他也可能不在名单上。"

电话又响了，一个不认识的座机号码，区号是得克萨斯州的512。

"又是谁呢？"贝莉问。

我摇摇头说不知道，然后接通了电话。电话那头的女人话已经说了一半，显然她以为我在听。

"争球赛，"她说，"我们应该把争球赛也算进去。"

"你是？"

"埃莉诺·麦戈文，"她说，"我在圣公会教堂找到你继女参加的那场婚礼了。我们的一个教友苏菲，早些时候在这里帮忙给新成员准备早餐。她儿子是得克萨斯州大学奥斯汀分校橄榄球队的。只要有比赛，她都会去看的，她说夏天长角牛队有一系列队内对抗赛。"

"是在体育场举行的吗？"我说，"就像常规赛一样？"

"就像常规赛一样，观众也很多。人们是把它当真正的比赛去看的。我对橄榄球不是很感兴趣，所以起初没想到这一点。"

"你能想起问她，太好了。"

"还有一件事，我将教堂的开放时间与橄榄球比赛的时间做了一个交叉核对，发现其中一场婚礼的时间和二〇〇八年赛季最后一场比赛的时间是一致的。你继女参加的可能就是那场婚礼。你有笔吗？应该写下来。"

毕业那么久了，欧文那个周末去奥斯汀做什么？而且还带着贝莉。

"正在写。"

"那是雷耶斯和史密斯的婚礼，"她说，"我这里有关于婚礼的所有信息。仪式在中午举行。招待宴会是在场外举行的，但没有写明具体地点。"

"埃莉诺，太棒了。我都不知道该怎么感谢你。"

"别客气。"

我伸出手，从贝莉那里拿起库克曼班上学生名单的打印件，看了一眼，没有雷耶斯，但有史密斯。

凯瑟琳。凯瑟琳·史密斯。我指了指她的名字，贝莉开始快速地打字，搜索年鉴索引。

凯瑟琳·史密斯的名字很快就出现在电脑屏幕上，其下共有十页之多的内容。

她要么是欧文的普通朋友，要么就是库克曼教授记忆中的那个女孩。欧文去城里参加她的婚礼，还把家人带去，可见二人的关系非同一般。如果能找到她，或许就能了解欧文的过去。

"她的名字是凯瑟琳·史密斯吗，埃莉诺？"

"不，不是凯瑟琳。让我看看。新娘的名字叫安德里亚，"埃莉诺说，"哦……找到了。安德里亚·雷耶斯和查理·史密斯。"

听到不是凯瑟琳，我有些泄气，但又想说不定她和查理有什么关系。我正要向贝莉转述埃莉诺的话，只见她已翻到了辩论社和主席凯瑟琳·史密斯的页面。

屏幕上出现一张照片。

这是辩论队的合影，成员们坐在老式小酒吧凳子上，这个酒吧看起来更适合开鸡尾酒会。波旁威士忌酒瓶像礼物一样陈列着，酒吧顶部有一排灯笼，背光照射着上面的深色酒瓶。

照片下的说明文字是：辩论队主席凯瑟琳·史密斯在她家"永不干涸"酒吧庆祝赢得州冠军，从（左）到（右）依次是……

"不会吧！"贝莉说，"可能就是这个酒吧。婚礼就是在那里举行的。"

"你在说什么？"

"昨晚我们在木兰花咖啡馆时，你问了那么多问题，我记得是在一个酒吧举行的婚礼，"她说，"或者更像是一个小餐馆。当时我没有继续想下去，也没跟你提过。但照片中的这个地方，这个"永不干涸"酒吧，看起来就是那个酒吧。"

我捂住电话听筒，低头看着贝莉，她手指颤抖着指向照片，指向角落里的一台电唱机，一副难以置信的神情。

"我不是在开玩笑，"她说，"就是这个酒吧。我认得它。"

"这种酒吧到处都是。"

"我知道。但关于奥斯汀，有两件事我记得很清楚。这个酒吧就是其中之一。"

贝莉把照片放大。辩论队员的脸变得不那么模糊了，凯瑟琳的脸也开始轮廓分明。

我们都不再说话。酒吧不再重要，欧文也不再重要。

最重要的是那张脸。

那个长着一头红发和小女孩般雀斑的奥利维亚,那个长得有点像我的奥利维亚,明显不是贝莉的母亲。

凯瑟琳·史密斯看起来更像贝莉。二人有着一样的深色头发,一样饱满的脸颊,一样凌厉的眼睛,只是照片上的女人多了一些审视与评判的神色。

那感觉就像是贝莉在看着她自己。

贝莉突然关掉了屏幕,她看着我,想知道接下来该怎么办。

"你认识她吗?"

"不认识,"我说,"你呢?"

"不认识!"

"喂?"埃莉诺说,"你还在吗?"

我把手放在扬声器上,但贝莉仍听到她在大声发问。这让她更紧张了,肩膀紧缩,把头发紧紧拉在耳后。

我挂断电话,回头看着贝莉。

"我们马上去那里。去这个酒吧……"

她站起来,一边说一边去拿东西。

"贝莉,"我说,"我知道你很难过。我也很难过。"

我们都知道凯瑟琳·史密斯可能是谁,那个贝莉既害怕又希望的人,但都没有说出来。

"先不要急着去。"我说,"我认为弄清这一切的最好办法是继续看班级名册。我们最多需要再核对 46 个人,就知道你父亲过去是谁了。"

"不一定。"

"贝莉……"

她摇摇头,仍站在那儿。

"这样吧,"她说,"你不去的话,我一个人去。"

她没有动,好像在等我的回应。

"我们一起去。"

"永不干涸"酒吧

在去"永不干涸"酒吧的出租车上,贝莉不停地拉着下嘴唇,那是因紧张而养成的一种习惯。她的眼睛从一边瞟到另一边,神情惊恐。

我不想逼她,但也不能干坐在那里看着她难受,于是在手机上搜索起凯瑟琳·史密斯、查理·史密斯的信息。心想如果能查到什么东西的话,赶紧告诉她。

弹出的页面和条目太多了。史密斯本来就是一个很常见的姓氏,即使我在子搜索中输入得克萨斯州奥斯汀分校,奥斯汀本地人,辩论冠军这样的关键词,仍有数百个可点击的链接和图片,但没有一个是图书馆电脑上看到的凯瑟琳。

何不搜索一下安德里亚·雷耶斯和查理·史密斯。果然。

查理·史密斯脸书上的个人资料显示,他二〇〇二年毕业于得克萨斯州大学奥斯汀分校,获艺术史学士学位。之后在建筑研究生院学习了两个学期,并在奥斯汀市中心的一家景观建筑公司实习。

之后就没有工作记录了。

二〇〇九年以来也没有更新状态或上传新照片。

但页面显示他的妻子是安德里亚·雷耶斯。

"就是那里。"贝莉说。

我顺着她指的方向,看到了一扇蓝色的门,周围布满了藤蔓。不注意的话那块写着"永不干涸"的小金匾很容易错过。小酒吧安静地坐落在西六街的一个角落。它的一边是家咖啡店,另一边是条小巷。

下了出租车,转身付钱给司机时,我看到入住的酒店就在伯德小姐湖那边。那一刻我有种就此作罢,回到酒店的冲动。

贝莉去开那扇蓝色的门。

也许是出于母性的本能,我下意识地拉住她。这样的举动我之前从未做过。

"怎么了?"

"你在这儿等着。"

"什么?"她说,"不可能。"

我的大脑飞快地旋转着,却又不能告诉她这样做的原因。如果我们进去看到凯瑟琳·史密斯呢?如果是你父亲当初把你从她身边带走,那该怎么办?如果现在她想把你从我身边夺走,又该怎么办?这些念头如此真切地在我脑海里涌现。

"我不想让你进去，"我说，"你不在的话，和他们沟通可能更容易些。"

"这不太好吧，汉娜。"

"嗯，你听我说，"我说，"我们不知道这是谁的酒吧，也不知道他们是否危险。现在看来你父亲当初非常有可能就是把你从这里带走的。如果事实确实如此，那他一定是想保护你免受什么人的伤害。弄清楚之前，你不能进去。"

她不说话，盯着我，一脸不高兴的样子。

我向咖啡店示意。下午客流高峰过后，咖啡店里空无一人。

"去里面坐一会，买块馅饼，好吗？"

"不想吃。"

"那就喝杯咖啡？继续在库克曼教授的名册上找，看看能不能找到其他人，我们还有很多事要做。"

"你说得倒好听。"

我从斜挎包里拿出花名册，递给他。"等里面的情况清楚了，就来接你。"

"你为什么不直说？"她问道，"你为什么不说谁在里面？"

"和你一样，还没准备好怎么说，贝莉。"

终于说通了。她从我手里拿过花名册，朝咖啡店走去。"时间别太长，好吗？"

她打开咖啡店的门，紫色的头发闪过。

我松了口气，推开"永不干涸"酒吧的蓝色大门。里面有一个旋转楼梯,沿着它我来到一个烛光走廊,有一扇蓝色的门,没有上锁。

我打开那扇门,进到一个小型鸡尾酒厅,里面没有人,天鹅绒般的爱心座椅围绕着深色红木吧台。隐蔽的门洞,私密的房间,这更像是一个安全私密的地下酒吧。

吧台后面没人,但鸡尾酒桌上有点燃的茶烛,老式唱片机播放着《比利·哈莱德》。

我走到吧台前,看到后面一个架子上摆满了各种烈酒,还有一个架子摆放着带框剪报和照片,其中几张是凯瑟琳·史密斯和一个瘦长黑发男子的合影。我俯身,想看清其中一份带框剪报写着什么。里面有一张照片,凯瑟琳身穿礼服,黑发男子穿着燕尾服,两侧是一对老夫妇,照片下面的名字是:梅雷迪思·史密斯,凯特·史密斯,查理·史密斯……

就在这时我听到身后传来脚步声。"嘿,是谁在那里呢。"

我转身看到了照片上那个瘦长的家伙,查理·史密斯,他穿着整洁的衬衫,手里拿着香槟,看上去比照片上要老,但没那么瘦,头发有些灰白,皮肤也比较粗糙。

"我们还没营业,通常六点左右才开门……"

我朝来的方向指了指。"很抱歉,门没锁,"我说,"不是故意的。"

"没事,请坐,想喝什么,菜单上都有,"他说,"我要处理点事。"

"好。"

他一边把香槟放在吧台上,一边朝我笑了笑。看着这个与贝莉肤色一样的陌生人,我有些不太自在。二人有着一样的笑容,嘴角上扬,酒窝引人注目。

我跳上凳子,他走到吧台后面,打开香槟。

"请教一下,刚到奥斯汀,有点晕头转向,想去奥斯汀大学,从这里能过去吗?"

"当然,但你得走四十五分钟左右。赶时间的话,最好坐辆优步去。具体一点,你要去哪里?"

我想起了他的简历,还有刚才看到的信息,于是说:"建筑学院。"

"真的吗?"

虽然我撒谎的本领还没到面不改色心不跳的水平,但确实起作用了。他突然来了兴致。查理·史密斯,三十多岁,建筑师,妻子是安德里亚·雷耶斯。贝莉和欧文参加的正是他们的婚礼。

"我以前在建筑学院上过课。"

"世界真小,"我说,我环顾四周,凝神屏息,"这个地方是你设计的吗?很好看。"

"不敢贪功。接手时重新设计了一下,但结构没变。"

他把香槟放好,斜靠在吧台上。

"你是建筑师吗?"他问道。

"景观设计师,正在竞选一个教学职位,"我说,"教这门课的教授休产假了,他们今晚请我吃饭,所以感觉很有希望。"

"喝点酒鼓鼓劲怎么样?"他说,"想喝什么?"

"听老板的。"

"不怕喝醉吗?"他说,"我可有的是时间。"

查理转过身,打量着那排酒,然后拿起一瓶波旁威士忌。他先是给杯子里放了冰块、苦艾酒和糖,接着又加了波旁威士忌,最后放了一片橘子皮。

他把调好的酒滑给我。"我们的招牌酒,"他说,"老式波旁酒。"

"太好看了,都不舍得喝了。"

"我祖父过去经常喝自己调制的苦艾酒。我现在也这样。工作不太顺利,但有了它,生活就不一样了。"

我抿了一口,柔滑、冰冷、浓烈,直冲脑袋。

"这么说,这是你们家的酒吧?"

"嗯,是祖父的,"他说,"他想有个地方,方便和朋友们玩牌。"

他朝角落里一个写有"保留"标志的天鹅绒隔间示意,他背后有几张黑白照片,其中一张就是在这个隔间拍的。

"我接手时,他已经在这里干了五十年。"

"哇,"我说,"难以置信。你父亲呢?"

"想了解他什么?"

我注意到,提到父亲时,他看起来很不自在。

"我只是有点好奇,照片上没你父亲……"我说,"他是不是不喜欢经营酒吧?"

他神情放松下来。我的问题对他来说显然无害。

"不是,其实和他关系不大。这酒吧是我姥爷的,但我母亲不感兴趣,所以……"他耸耸肩。

"我接手了这份工作。当时我的妻子,或者说前妻,怀了双胞胎,所以我的学生时代也就结束了。"

我勉强笑了一下,尽量克制自己不做回应。双胞胎。我在想该怎么将谈话深入一下,绕到他妻子身上,绕到婚礼上,绕到凯瑟琳身上。

"你看起来有些眼熟,"我说,"是不是觉得不可思议?我们以前见过面。"

他歪着头,微笑着。"是吗?"

"是的……我上大学时来过这里。"

"所以……'永不干涸'看起来很熟悉?"

"嗯,这样说更准确。"我说,"我和朋友来城里参加辣酱比赛,她给一家地方报纸拍摄照片……"

多说些事实肯定没错。这个酒吧很有特色。"

"很有可能……辣酱节举办地离这里不远。"他转过身,从货架上拿下一瓶Shonky牌紫色辣酱,"这是二〇一九年的冠军,我用它做烈性血腥玛丽……"

"听起来你很喜欢。"

"胆小的人不适合喝。"

他笑了。我为接下来要说的话打起精神。

"如果我没记错的话,那天晚上在这里工作的酒保是个十足的甜心。她给了我们好多去哪里吃饭的建议。我记得她。一头长长的黑发,长得很像你。"

"你的记性真好。"

"需要你的帮助。"

我指着凯特的那张照片说:"可能是她。"

他顺着我的目光看过去,摇摇头说:"不,不可能。"

他开始擦拭吧台,表情变得严肃。要不是想了解凯瑟琳·史密斯的话,此刻我应该停止追问。

"怪了,肯定是她。你们是亲戚吗?"

他抬头看着我,眼神从回避变成了愤怒。"你问得太多了。"

"我知道。对不起。你不需要回答,"我说,"这是个坏习惯。"

"你确实问得太多。"

"我以为人们一般都想聊天。"

听我这么一说,他放松下来。"没关系,"他说,"这是我妹妹,已经离开我们了……"

他说她是他的妹妹,已经离开他们了。突然间,我心里好像有什么东西被打破了。如果她是贝莉的母亲,那贝莉已经失去了她。贝莉一直以为自己打小就没了母亲,但她绝不会想到自己刚找到她就失去了她。

"很难过,"我说,"真的很抱歉。"

"是的……"他说,"我也是。"

关于凯瑟琳,我不想再逼他了,至少现在不行。回头我可以查看死亡证明,或找别人了解。

我起身时,查理扫视着书架,找出一张他与一个黑发女人和两个小男孩的合影照。"你说的酒保有可能是我前妻安德里亚,"他说,"她在这里工作多年了。我上学时,她轮班的时间比我多。"

他把相框递给我。我仔细看着照片。这是一个温馨的家庭,他的前妻对着镜头露出可爱的微笑,两个男孩穿着得州骑警队的球衣。

"可能就是她,"我说,"我这人粗心大意,但这么多年来竟然还记得她,你说奇怪不奇怪?"

我紧握照片。

"你儿子真可爱。"

"谢谢。想摆放一些孩子们的新照片。拍这张时他们才五岁。"他说,"现在十一岁了,都能投票了。"

孩子的年龄与父母的结婚时间几乎吻合,这说明安德里亚婚礼前后不久就怀孕了。

"不过,自从离婚后,他们有点捉弄我的意思。但我会满足他们的要求,成为一个酷爸爸……"他笑着说,"想对付我,他们差了点。"

"看起来你很不错。"

"是啊。"他耸耸肩,"你有孩子吗?"

"没有,"我说,"还在找那个人。"

查理笑了笑,也许在想,我是不是在暗示他。我没想到自己有点假戏真做,现在无疑是问他那个问题的最佳时机。

我一边想着如何说出口,一边拖延时间。

"我该走了,早点完事的话,兴许还会回来。"

"好啊,"他说,"回来吧,我们一起庆祝。"

"一起同病相怜?"

他笑了。"或者一起做点什么?"

我站起来,准备要走的样子,感觉心都快跳出了胸口。

"不好意思,还有一个问题……你认识很多当地人吧?"

"当然,"他说,"你想了解什么?"

"我找个人。我和我朋友在这里认识他的,很久以前的事了。他住在奥斯汀,可能现在还在。我朋友非常喜欢他。"

他看着我,感兴趣的样子。"好吧……"

"这么说吧,我朋友嫁错人了,正准备离婚。她一直没忘记他。听起来很可笑,但既然来了,就想看看能不能找到他,他们有缘,现在却天各一方……"

"你记得他的姓名吗?"他说,"不过我记性也不好。"

"照片怎么样?"

"没问题。"

我把手伸进口袋,掏出手机,调出欧文的照片。就是贝莉手机上的那张,给库克曼教授看过。

查理低头看着照片。

我还没反应过来是怎么回事,他就把手机砸在吧台上,然后一跃而过,来到我面前,离得很近。

"你觉得这很好玩,是不是?"他说,"你是谁?"

我惊恐地摇着头。

"谁派你来的?"

"我自己来的。"

我退到墙边,他向我靠近。我俩几乎脸贴着脸,肩靠着肩。

"你竟敢骚扰我家人,"他说,"谁派你来的?"

"离她远点!"

我看到贝莉站在门口,一手拿着班级花名册,一手拿着咖啡。

她吓坏了,但更多的是生气,那样子就像随时准备将高脚凳朝他砸过去。

查理像见到鬼似的,喊道:"老天!"

他慢慢从我身边移开。我深吸一口气,心跳渐渐平缓下来。

我从墙边挪开,贝莉和查理盯着对方。三人之间的距离不超过两英尺,但都一动不动,既没有往前,也没有退后。查理突然泪流满面。

"克里斯汀?"他说。

"我不是克里斯汀。"贝莉摇摇头,颤抖着说。

我捡起手机，屏幕碎了，但还能用。万一再有什么事，还可以拨打 911。我慢慢退向贝莉。

保护她。

查理举起双手表示投降。

"听着，很抱歉。让我来解释，"他说，"就一分钟。你们俩都坐下，好吗？我们好好谈一谈。"

他示意我们坐下，然后向后退了一步，明显是想让我们自己决定。他一脸严肃，但看起来又很伤心。

面对这一切，我不知所措。但弄清楚之前我决不能让贝莉继续待在这里。

我一把将她拉向门口。

"赶紧走！"我说，"马上！"

我们跑下楼梯，跑到街上。

小心你的愿望

我们沿着国会大道快速前进。

我想回到酒店房间,收拾行李,尽快离开奥斯汀。

"刚才怎么回事?"贝莉说,"他会伤害你吗?"

"我不知道,"我说,"我觉得不会。"

我领着她在人群中穿行,同时向侧面移动,这样万一查理追过来,也不好跟踪。看到欧文的照片时,他几乎要气炸了。

"快,贝莉。"

"我已经很快了,"她说,"你要我做什么?真是糟糕透了。"

她没有说错。靠近大桥时,人越来越多,吵嚷着走上狭窄的人行道。

我回头看查理有没有跟着我们。还真看到他了,就在几个街区后。他一边快速移动,一边东张西望,显然还没有发现我们。

国会大道桥就在前面。我抓着贝莉的胳膊,朝桥上走去,上面挤满了人。查理一时半会儿找不到我们。

桥上的人移动很慢,都看着湖面。

"这些人怎么都不走啊?"贝莉说。

一个穿着夏威夷衬衫,拿着大相机的家伙回头对我们笑了笑。

"我们在等蝙蝠。"他说。

"蝙蝠?"贝莉说。

"是啊。蝙蝠。每晚都出来吃东西。就在附近。"

这时人们嚷嚷着:"来了,来了!"

成百上千的蝙蝠从桥下飞向天空,以带状的队形移动,就像在跳舞。人群欢呼起来。当它们消失在夜色中时,人们又纷纷鼓起掌来。

那个穿着夏威夷衬衫的人将相机对准天空。他要将它们离开的那一刻定格在镜头中。

我经过他,示意贝莉跟上。"我们得走了,"我说,"否则会困在这里的。"

我俩过桥后,慢跑起来,转到酒店车道上,最后在门口停下来,门卫把门打开。

"等等,"贝莉说,"等一下。"

她双手放在膝盖上,喘着气。只差一步就要进入酒店和房间了,这时怎么能停下来。

"如果我记得他呢?"

门卫在聊天。我盯着他们,想引起注意,或许他们可以保护我们。

"我说我认识他呢。"

"是吗?"

"我记得别人叫过我这个名字,"她说,"克里斯汀。听他叫我,突然想起来了。怎么可能会忘记这种事?"

"没人提醒的话,人们会忘掉很多事情。"

贝莉先是沉默不语,然后说出了我俩之前一直没说出口的话。

"你认为那个叫凯瑟琳的女人是我母亲,对吗?"

她在"母亲"这个词上停顿了一下,好像它很烫。

"不一定对,但我觉得她是你的母亲。"

"那爸爸为什么要撒谎呢?"

她看着我。我不想回答,也不知道怎么回答。

"真不知道该相信谁。"

"你可以相信我。"

她咬着嘴唇,看起来相信我似的。你不能告诉人们要相信你,你必须向他们证明你是值得信任的。

门卫看着我们。我一心想着赶紧离开奥斯汀。

"跟我来。"

她没有抗拒。我们经过门卫,进入大堂,前往电梯间。

和我们一起进电梯的是一个穿灰色毛背心、耳朵打孔的年轻男子。他应该不会跟踪我们,但我还是不放心,带她离开了电梯,朝楼梯走去。

我打开门,指着楼梯。"走这边。"

"我们要去哪里?"她说,"房间在八层。"

"还好不是二十层。"

十八个月前

"还有什么我需要了解的吗?"我问,"在飞机起飞前。"

"你想了解什么?飞机的构造之类的吗?尽管问,在西雅图时,我可是给波音公司打过工。"

我们在从纽约飞往旧金山的航班上。桑普为我俩安排了头等舱。欧文来纽约为公司的首次公开募股做准备,这些天他也一直在计划帮我搬离纽约。

我们一起花了几天时间收拾公寓和工作室。等一回到索萨利托,我就会搬过去。他和贝莉的那个家将成为我的新家。

"我问的是关于你的事。"

"嗯,趁飞机还没起飞,我们还有点时间……"

他紧握我的手,轻描淡写地说。但我还是很紧张。

"你想知道什么?"

"跟我说说奥利维亚。"

"不是已经说了很多了吗?"

"我只知道她是佐治亚州人,大学教师,你的大学恋人。"

我没说车祸的事。他说从那以后他没和其他女人认真交往过。

"现在我将以继母的身份进入贝莉的生活,所以想多了解她的母亲。"

他歪着头,好像在考虑从哪儿开始。

"贝莉很小的时候,我们去洛杉矶旅行。就在那个周末,一只小老虎从动物园逃了出来,跑到洛斯费利斯一户人家的后院。它蜷曲在树下打盹,没伤害任何人。奥利维亚被这件事迷住了,她发现了事情的另一面。"

我笑了笑。"然后呢?"

"那户人家几周前去过动物园。他们有两个儿子,其中一个非常喜欢那只老虎。小男孩离开动物园时哭了,他不明白为什么不能把老虎带回家。你怎么解释这只老虎为什么会来男孩家?是巧合吗?动物学家们认为是因为这家人住得离动物园很近。但奥利维亚不这样看,她觉得这就像是一种证据,不管是人还是动物,往往能凭直觉找到最需要他的地方。"

"我喜欢这个故事。"

"你也会喜欢奥利维亚的,"他说,笑了笑,看着窗外,"你没办法……不爱她。"

我捏了捏他的肩膀。"谢谢你。"

他转过身来看着我。"感觉好点了吗?"

"没有。"

他笑了。"还想知道什么?"

我想知道的或许并不是关于奥利维亚的事,甚至与贝莉也无关。至少不完全是。

"我想……让你大声说出来。"

"说什么?"

"说我们在做正确的事。"

这是我最接近幸福的时刻,从前我和祖父相依为命,没有家的感觉。在祖父的葬礼上,我最后一次见到母亲。她只在我生日时打电话,那是我们唯一的交流方式。祖父去世后,我更不习惯家庭生活了。现在不同了,我将第一次真正成为一个家庭的成员。可我完全不知道该怎么做。

"我发誓,我们在做正确的事。这就是我的感受。"

我点点头,平静下来。我想和他在一起,虽然还不是很了解他,但我知道他人很好。

欧文靠过来,把嘴唇贴在我的前额上。"我不会成为那种骗你信任我的混蛋。"

"你会成为心口不一的混蛋吗?"

飞机开始后退,摇晃着,转向,慢慢朝跑道开去。

"当然不会。"

"相信你。"

我俩的手指交叉在一起。

"比喻还是实指？"

我低头看了看紧紧扣在一起的双手。这时飞机起飞了，我感到一阵欣慰。

"希望它们是一回事。"

好律师

回到酒店房间后,我将门反锁上。

环顾房间,物品散落在地板上,行李箱是开着的。

"收拾东西,"我说,"五分钟后出发。"

"去哪里?"

"租车回家。"

"为什么要租车?"

剩下的我不想说了。我不想去机场,担心他们会在那里。我不知道她父亲做了什么,但我想像查理那样的人要躲得远远的。

"那为什么现在走呢?我们就快找到答案了……"她停了一下,"弄清楚之前,我不想离开。"

"会弄清楚的,我向你保证,但不是在这里,"我说,"这里很危险。"

她争辩起来。我很少告诉她该怎么做,但现在事情越来越糟糕,她得听我的。

"贝莉，"我说，"必须离开，我们有麻烦了。"

她惊讶地看着我。也许是惊讶于我告诉了她真相，也许她只是想说服我，但她点点头，停止了争论。

"好吧，"她说，"我去收拾行李。"

"谢谢你。"

她开始收拾衣服，我走进浴室，随手关上了门。镜子里的我一脸疲惫，眼睛充血、眼眶发黑，皮肤苍白。

我把水泼在脸上，深吸了几口气，想让自己平静下来，让脑海中那些疯狂的念头慢下来。

没想到我们现在成这样子了。

我把手伸进口袋，拿出手机。手指被破碎的屏幕划伤了，小玻璃碎片嵌在皮肤里。我调出杰克的手机号，发了条短信：

请尽快回复我。凯瑟琳·史密斯。那是她的娘家姓。哥哥查理·史密斯。

奥斯汀，得克萨斯州。交叉比对女儿的出生年龄，与贝莉的年龄相符。名字叫"克里斯汀"。奥斯汀，得克萨斯州。

还要核查结婚证明和死亡证明。不要给我打电话，手机不能用了。

我把手机放在脚下，准备踩碎它。尽管这是欧文找到我们的唯一途径。但我们得尽快离开奥斯汀,离开查理·史密斯和他身边的人。

但在之前,还有些事需要弄清楚。

我拿起手机,又搜索了一下凯瑟琳·史密斯。谷歌上很快就出现了成千上万的链接。我点开其中一些:一位是艺术史教授,毕业于得克萨斯大学奥斯汀分校;一位是厨师,在奥斯汀土生土长;一位是女演员,长得很像凯瑟琳。我点开链接,调出一张她身穿礼服的照片。

我一下子想起了在"永不干涸"酒吧看到的那份剪报。

剪报中凯瑟琳穿着礼服,查理穿着燕尾服,一对年长的夫妇在他们身边。梅雷迪思·史密斯。尼古拉斯·贝尔。标题是:尼古拉斯·贝尔获得得克萨斯之星奖。

尼古拉斯·贝尔,梅雷迪思·史密斯的丈夫。她出现在其他照片里,他却没有。除了那张剪报,为什么他的照片那么少?

我输入了他的名字。

S

故事是这样开始的。

他来自得克萨斯州埃尔帕索,年轻英俊的总统奖学金获得者,是其高中第一批上大学的学生,考上了得克萨斯大学奥斯汀分校,专业是法学。

他家境贫寒，但金钱不是他成为律师的动力。他拒绝了纽约和旧金山的工作，选择成为奥斯汀市的公共辩护律师。那年他二十六岁，年轻，有理想，和高中恋人结婚不久。妻子是一名社会工作者。

他叫尼古拉斯，经常处理无人问津的案件，帮助冤屈的被告，所以很快就赢得了"好律师"的绰号。

没人知道他是如何变坏的——成为北美最大犯罪集团的顾问。

该犯罪集团的总部设在纽约和南佛罗里达，其高层领导住在费舍尔岛和海滨南海滩等地，他们打高尔夫球，穿布里奥尼西装，对外宣称从事证券行业，副手们却在敲诈勒索、放高利贷、贩卖毒品，同时涉足更复杂的事，如国际在线游戏和华尔街经纪诈骗。这是犯罪集团的新型运作方式，安静、高效、残酷。

该犯罪集团早就看到了奥施康定（一种止痛药）的商机，当竞争对手仍在销售传统毒品如海洛因、可卡因时，他们已成为北美最大的羟考酮贩卖商。

该集团的一个年轻人在奥斯汀大学分销奥施康定时被警方盯上，是尼古拉斯让他免于牢狱之灾。自此以后，他就进入了圈子。

接下来的三十年，尼古拉斯大部分时间都在为集团效力。因为他，十八项谋杀指控、二十八项贩毒指控、六十一项勒索和欺诈指控，都被判无罪或审判无效。

他证明了自己的价值,也获得了财富。缉毒局和联邦调查局因为输掉他的案子愤怒不已。成为众矢之的他满不在乎,而别人在他身上也找不到任何污点,抓不住任何把柄。

直至惨祸发生。他的女儿是得克萨斯州最高法院的一名书记员,从法学院毕业没多久,刚当上母亲。热爱工作的她在回家的路上被一辆汽车撞倒。

这场惨祸看起来与其他肇事逃逸的事故没什么区别。那天是星期五下午,天气晴朗。每周这个时候尼古拉斯都会待在女儿家照看外孙女,接她上音乐课,带她去公园荡秋千。这是一周中他最喜欢的时间,公园离他女儿身亡的地方只有一个街区。

前不久,尼古拉斯输了一场官司,客户们却声称与这起事故无关。事实看起来也确实如此。但他的女儿就这样被人谋害了。人们猜测是另一个组织干的,他们想让他为其服务,但他拒绝了。

但所有这些对他的女婿来说都不重要。他认定是岳父的雇主干的,他认定正是岳父与犯罪团伙几十年的纠葛才导致了悲剧。

"好律师"称并不希望女儿受到伤害,他是个好父亲,女儿的死让他悲痛欲绝。但愤怒之下,女婿不顾一切。他知道"好律师"的把柄,利用掌握的证据成为案件的主要证人,致使岳父锒铛入狱,那个犯罪集团也受到了沉重的打击,十八名成员在这场扫黑风暴中无一幸免。江湖从此再无"好律师"。

那场引人注目的审判后,他的女婿和外孙女就消失得无影无踪。

这位律师的全名是丹尼尔·尼古拉斯·贝尔,即 D. 尼古拉斯·贝尔。

他的女婿叫伊桑·杨。

伊桑的女儿叫克里斯汀。

我把手机扔到地上踩碎,打开浴室门喊道:"贝莉,我们得马上离开这里。拿上行李,要走了。"

里面空无一人。

"贝莉?"

我跑进走廊,除了一辆家政车,里面空空如也。我奔向电梯间、楼梯口,还是没人。我乘电梯到酒店大堂,希望她到酒吧吃零食去了。到处都不见她的踪影。

我做了那么多决定,却没想到会有这样的结果。酒店房门锁上了,很安全。她能去哪里呢?

她被吓坏了,或者不想离开奥斯汀。

为什么相信她会一直听你的?

我走进房间,再次扫视四周,好像她就躲在某个角落。我翻遍衣柜和床下,希望能看到她蜷成一团,痛苦,但安全。

门开了。我以为贝莉回来了,她只是去大厅拿了一杯汽水,只是去给鲍比打电话了,只是找到一支烟,出去抽了。随便哪个原因都行。

但站在那里的不是贝莉,而是格雷迪·布拉德福德。他戴着旧棒球帽,穿着褪色的牛仔裤,还有那件愚蠢的风衣。

他双臂抱胸,愤怒地看着我。"看看你现在把事情弄成什么样子了。"

第三部分

朽木不可雕也。

——孔子

我们年轻时

奥斯汀市中心的联邦法警办公室位于一条小街上,从窗户可以看到其他建筑物,也可以看到街对面的停车场。大部分楼宇都已关门,里面漆黑一片,停车场基本上是空的。但格雷迪他们的办公室灯火通明。

"让我们再回顾一遍。"格雷迪说。

他坐在办公桌旁,我来回踱步时感觉到他在评判我。但我无所谓。我恨死自己了,贝莉失踪了。

"这有用吗?"我说,"除非你逮捕我,否则我要去找她。"

我正要走出办公室,格雷迪从办公桌上跳下来,挡住出口。

"有八名警员在找她,"他说,"你需要做的就是从头再说一遍,这是你现在唯一能做的。"

我看着他,退回办公室。

我走到窗前,看着外面。街上人很多,月亮高高地挂着,贝莉只身在外游荡。

"要是他把她带走了怎么办?"

"尼古拉斯?"

我点点头,感觉一阵眩晕。那么危险的一个人。欧文为了摆脱他不惜隐姓埋名,而我竟然又将她带回奥斯汀。

"这不太可能。"

"但不是不可能?"

"你都把她带到奥斯汀了,我想没有什么是不可能的。"

看着格雷迪冷冰冰的样子,我只能安慰自己。"他不可能这么快就找到我们……"

"是的,不可能。"

"你是怎么找到我们的?"

"今天早上打你电话,一直打不通。后来你的律师杰克·安德森从纽约联系我。他告诉我你在奥斯汀,但联系不上你,他很担心。我就追踪了你,显然不够快……"

我转身看着他。

"你究竟为什么要来奥斯汀?"

"首先是因为你去我家了,"我说,"我觉得这很可疑。"

"欧文从没告诉过我你是个侦探。"

"欧文也从没告诉过我这些事。"

如果格雷迪或有人告诉我欧文过去的事,我就不会来这里。格雷迪很生气,但要指责的话,也不应该指责我。

"过去的七十二小时里,我发现我丈夫并不是我认识的那个人,你说该怎么办?"

"照我说的做，"他说，"低调行事，找个律师。其他的由我来处理。"

"到底怎么回事？"

"十多年前，欧文想让他的女儿过上安全的生活，给她一个全新的开始。我帮他做到了。"

"但杰克告诉我……欧文没有加入证人保护计划。"

"没错，但也不完全对。"

我困惑地看着他。"什么意思？"

"欧文同意作证后就加入了证人保护计划，但他从未感到安全。有太多漏洞，太多他不得不相信的人，而且审判期间，出了点小问题。"

"什么意思？"

"纽约办公室有人泄露了我们为欧文和贝莉争取到的身份信息。"他说，"在那之后，欧文不想让政府介入其中。"

"不可思议。"

"这种事情很常见，但我理解他为什么要这样做，没人知道他们去哪里，法警部门的其他人也不知道。我们计划周详，不留蛛丝马迹。"

格雷迪跑了大半个美国核查欧文的情况，是为了帮他摆脱困境？

"你的意思是只有你知道他的去向。"

"他信任我，"他说，"也许因为我那时刚参加工作，也许因为我很努力，这你得问他。"

"他人都找不到，怎么问？"

格雷迪走到窗前，靠在窗户边上。我不由自主地用怀疑的目光打量他，却在他的眼睛里看到了同情。

"欧文很少和我交谈，"他说，"大多数时候，我们各忙各的。最后一次联系时，他告诉我要娶你。"

"他说什么了？"

"他说你是游戏规则的改变者，"他说，"还说他从来没有像这样恋爱过。"

我闭上眼睛。

"事实上，我试图说服他不要和你交往。"格雷迪说，"我跟他说感情很快就会过去的。"

"谢谢你。"

"虽然他不听劝，"他说，"但我让他不要告诉你他的过去，因为这会给你带来危险。如果他真的想和你在一起，就不能把他的过去牵扯进来。"

格雷迪的警告起作用了，却也使欧文不敢让我和他共同面对过去。

"你是在告诉我，我应该责备你，而不是责备他？"我说，"我很乐意这么做。"

"我们都有互不分享的秘密，只不过这是我告诉你的方式。"他说，"有点像你的律师朋友杰克？他告诉我你俩曾经订过婚。"

"这不是秘密，"我说，"欧文知道杰克的一切。"

"如果把他牵扯进来，欧文会做何感想？"

我想说我别无选择，但跟他争论没什么意义。格雷迪想让我处于守势，好像这样就更容易从我身上打探出什么东西来。我不愿听他指手画脚。

"欧文为什么要跑，格雷迪？"

"他必须这么做。"

"什么意思？"

"这周你在新闻上看到多少阿维特的照片？媒体也会关注欧文的。他的照片也会到处都是。尼古拉斯的雇主会再次找到他。他不能冒这个险。他必须在事情发生之前离开。"他说，"在他毁了贝莉的生活之前。"

除此之外，别无他法。

"他知道自己会被抓起来。"他说，"如果是这样，媒体就会像报道乔丹·马华力一样报道他，他的身份就会暴露，而那个藏匿的游戏也就到此结束。"

"所以他们认为欧文有罪？"我说，"娜奥米，联邦调查局，还有其他人？"

"他们认为从他那里可以找到他们需要的东西。这是另一回事，"他说，"但如果你问我欧文是否自愿参与诈骗？那我会说这是不可能的事。"

"那更有可能的是什么？"

"阿维特知道欧文的过去。"

我看着他。

"他并不知晓具体细节,欧文不会告诉他。但他知道自己雇了一个不知道从哪里冒出来的人,和科技界也没有联系。欧文说阿维特只是想找个最好的程序员,但我觉得阿维特其实是想找一个他能控制的人。事实证明,他做到了。"

"你认为欧文知道桑普公司的事,却无力阻止?"我说,"他选择继续留在那里,是希望被人盯上之前让软件运行起来。"

"对。"

"这是一个非常具体的猜测。"

"我非常了解你丈夫,"他说,"他小心提防了这么长时间,如果桑普的事牵涉到他,他就得再次消失,贝莉则不得不重新开始。当然,这一次,必须告诉她真相。这很糟糕……"他停了一下,"更别说你和他们一起走的话会付出什么样的代价。"

"如果我愿意呢?"

"嗯,不管你是木雕师,还是家具设计师,不管你怎么称呼自己,你都不可能真的躲起来。你得放弃一切——你的工作,你的生计。我敢肯定他不会让你这样做的。"

我想起了认识欧文不久后的一次约会。他问我,如果我没有成为木雕师,我会做什么。我说从事这个行业与祖父有关。他给了我安稳的生活。但这是我一直想做的事情,我从未想过做其他事情。

"他认为我不会和他们一起去,是不是?"这话是说给我自己听的。

"这不重要。我已经设法把它压下去了,你的联邦调查局朋友也给挡住了……不过,除非你们受到正式保护,否则我也不能一再公权私用。"

"这意味着我们要加入'联邦证人保护计划'?"

"对,联邦证人保护计划。"

我沉默不语。我在想象做一个受保护的人是什么样子。我在电影中看到类似的事。哈里森·福特在《证人》中与阿米什人闲逛,史蒂夫·马丁在《我的蓝色天堂》中偷偷溜出城去吃意大利面。他们俩最后都严重抑郁,迷失自我。我还想起杰克说过的话,事实上,这样的生活远没有想的那么好。

"所以贝莉必须重新开始?"我说,"新身份?新名字?一次又一次?"

"是的。我会帮她重新开始,"他说,"我也会帮她父亲重新开始,远离现在的一切。"

我想着他们以后的生活。贝莉不再是贝莉了,她为之努力的一切,她的成绩,她的戏剧,连同她自己,都将抹去。她不能表演音乐剧了,而是会开始学习击剑或曲棍球,或者干脆什么都不做。而这正是她变得与众不同、独一无二的关键时期,让一个十六岁的孩子放弃自己的生活,这是一个令人震惊的提议。这与你刚学会走路时不一样,与你四十岁时也不一样。

但我知道为了和父亲在一起,她会不惜一切代价。只要一家人能团聚,我们愿意一次又一次做出牺牲。

有件事一直困扰着我,而格雷迪又始终不愿明说。

"你要明白,"他说,"尼古拉斯·贝尔是个坏人,欧文很长一段时间都不愿意接受这个事实。原因很可能在于凯瑟琳对她父亲很忠诚,而欧文对凯瑟琳很忠诚,对查理也很忠诚,欧文和查理又很要好。兄妹俩都相信父亲是个好人,只不过有时会与一些问题客户打交道。他们说服欧文,让他相信尼古拉斯是一个尽职尽责的律师,一个好父亲、好丈夫。他们没有错,但他同时还有别的身份,在做别的事情。"

"比如什么?"

"串通谋杀、敲诈勒索、贩卖毒品,"他说,"很多人的生命因为他而遭到戕害,很多人的生活因为他而被摧毁,但他没有丝毫悔恨。"

我尽量不动声色。

"尼古拉斯手下的人都很残忍无情,"他说,"不知道他们会用什么手段让欧文自首。"

"他们会找上贝莉?"我说,""你是这个意思吗?他们会拿贝莉对付欧文?"

"我是说,除非我们迅速转移她,否则是有可能的。"

格雷迪在暗示贝莉有危险。而她正独自在奥斯汀大街上游荡。

"关键是，尼古拉斯不会阻止他们，"他说，"即使他想阻止他们，也阻止不了。他知道尼古拉斯的很多脏事，所以才能打击那个组织。你明白吗？"

"你说慢一点。"

"尼古拉斯并不总是脏的，但他确实在给很多人传递信息——从监狱里的狱警到监狱外的领导。这些信息只能通过律师来传递，需要惩罚谁，干掉谁之类的。你能想象他明知有的信息会导致一对夫妇被杀，两个孩子失去父母，但仍照做不误吗？"

"欧文是怎么给牵扯进来的？"

"欧文建了一个加密系统帮尼古拉斯传递信息，"他说，"凯瑟琳被杀后，欧文黑进系统，把所有东西都交给了我们，包括邮件。这些证据足以将尼古拉斯绳之以法。他因共谋犯罪在监狱里蹲了六年多。一个人不可能背叛尼古拉斯·贝尔之后，仍逍遥自在。"

这时我想到了那个一直困扰我的问题，也是格雷迪一直没有明说的问题。

"那他当时为什么不来找你呢？"

"你说什么？"

"为什么欧文不直接来找你？"我说，"如果想让事情有个好结局，如果保证贝莉安全的唯一办法就是让她接受证人保护，那么桑普公司出事的时候，欧文为什么不联系你？

为什么他没有让你把我们带走?"

"这你得去问欧文。"

"我在问你,"我说,"上次泄密的事是怎么回事,格雷迪?有没有危及贝莉的生活?"

"这跟现在发生的事有什么关系?"

"当然有关系。如果过去的事让我丈夫认为你无法保证贝莉的安全,那就和现在发生的事有很大关系。"

"不管怎样,证人保护计划能确保欧文和贝莉的安全,"他说,"事情就是这样。"

他说话时理直气壮,但看得出我的问题触动了他,因为他无法否认。如果欧文真的确定格雷迪能保证贝莉的安全,那他现在就不会人间蒸发。

"听着,我们不要转移话题,"他说,"你现在要做的就是帮我弄清楚贝莉为什么离开酒店房间。"

"我不知道。"

"想一想。"

"我觉得她不想离开奥斯汀。"

我没有详细说。她很有可能不想就这样一走了之,尤其是当她身世的真相近在咫尺时。我想她正独自一人在某个地方寻找答案,这个答案她不相信其他人能为她找到。这孩子做事情和我一样锲而不舍。

"为什么?"

"有时候你能感觉到。"我只能这么说。

"感觉到什么?"

"一切取决于你自己。"

格雷迪被叫去开会,另一个美国法警西尔维娅·埃尔南德斯把我领进大厅,进入会议室。她说我可以打电话,但通话一定会被录音或追踪。在这里你所做的一切都在他们的掌控之中。

西尔维娅坐在门外,我拿起电话打给我最好的朋友。

"我已经找了你几个小时了,"朱尔斯接电话时说,"你们还好吗?"

我在会议室的桌前坐下,用手抱着头,努力不让自己崩溃。朱尔斯出现得非常及时。听到她的声音我感觉好多了。

"你在哪里?"她说,"我刚接到杰克的电话,他大叫着说是欧文让你身处险境。这家伙,还是老样子。"

"是啊,他就那样,"我说,"他想帮忙,却帮不上。"

"欧文怎么了?他没自首吧?"

"不确定。"

"究竟怎么回事?"她的声音很轻柔。不需要我解释时她往往这样说话。

"贝莉不见了。"

"什么?"

"她离开了酒店房间,找不到她了。"

"她十六岁了。"

"我知道，朱尔斯。你觉得我为什么这么害怕？"

"不，我是说，她十六岁了，可能想一个人待会。我觉得她没事。"

"事情没那么简单，"我说，"你听说过尼古拉斯·贝尔吗？"

"没有。怎么了？"

"他是欧文的前岳父。"

她沉默了一会儿。"等等，你是说尼古拉斯·贝尔……那个律师？"

"是的，就是他。你了解他吗？"

"不太了解。我是说……记得几年前在报纸上看过他出狱时的报道。印象中他是因为袭击或谋杀之类的罪名被关进去的。他是欧文的前岳父？"她说，"真不敢相信。"

"朱尔斯，欧文有大麻烦了，我却一点办法也没有。"

一时间，她不说话了。我能感觉到她在努力把漏掉的信息拼凑起来。

"不要担心，不会有事的，"她说，"你放心。先把你和贝莉送回家，然后再想办法。"

回家，这是我们一直在做的事，而此刻贝莉在这个陌生城市的街道上游荡，即使能找到她——他们很快就会找到她，格雷迪刚刚说我们回不了家了，事实上永远都回不去了。

"你在听吗？"

"嗯,"我说,"刚才说你在哪儿?"

"我回家了,"她说,"我把它打开了。"

她说这句话时的语调让我意识到她说的是存钱罐里的小保险箱。

"你搞定的?"

"对,"她说,"马克斯找了一个开保险箱的人,住在旧金山市中心,大约一小时前打开了它。

"他的名字叫马蒂,大约九十七岁了。太疯狂了。他只用了五分钟,就打开了。愚蠢的小猪存钱罐,钢制的。"

"里面有什么?"

她停了一下。"一份遗嘱,欧文·迈克尔斯的原名叫伊桑·杨。想听听遗嘱里写什么了吗?"

如果朱尔斯读出来,这份遗嘱会有别人听到吗?——这不是我从欧文笔记本电脑上找到的那份,而是另一份。欧文真正的遗嘱。伊桑的遗嘱。

"朱尔斯,可能有人在监听。我们就简单说说,好吗?"

"好的。"

"关于贝莉的监护人,遗嘱是怎么说的?"

"欧文要是死了,或不能再照顾她了,那你就是她的主要监护人。"

原来欧文早有准备。他早就知道有一天贝莉会和我在一起。虽然她现在失踪了,而且责任在我,但想到欧文对我的信任和嘱托,我忽然觉得心里宽慰了不少。

227

"遗嘱里是不是还有其他名字?"

"是。根据你照顾她的能力以及贝莉的年龄,制定了不同的规则。"

我一边记,一边想着会不会有那个人的名字。尽管所有的证据都表明这个人不值得信任,但我不确定欧文是否相信他。听到查理·史密斯时,我停下了笔。我说我得挂电话了。

"多保重。"她说。

没有说再见,也没有像往常一样说"我爱你"。

我站起来,从会议室的窗户往外看。下雨了,奥斯汀的夜生活仍然很活跃。人们撑着伞走在街上,去吃晚饭、看演出,争论着是去吃夜宵,还是看晚场电影,抑或觉得雨越下越大,只想赶紧回家。他们都是幸运儿。

我转向玻璃门,看到西尔维娅坐在那里,盯着自己手机。她对我不感兴趣,或在忙更重要的事。

我准备走进大厅询问进展,看到格雷迪正要进来。他边敲边推开了门,对我笑了笑,比刚才温和多了。

"找到她了,"他说,"找到贝莉了,她没事。"

我松了口气。"谢天谢地。她在哪里?"

"在学校,正带她回来,"他说,"要不我们先谈会儿?我觉得,关于那个计划,我们要和她保持一致。"

什么计划?是转移我们的计划?还是告诉她现在的生活行将结束,让我安抚她?

"我们谈点别的。"他说,"本来不想谈的,但之前我没有对你完全开诚布公……"

"没想到。"

"昨天收到一个包裹,里面是欧文工作用的电子邮件Zip驱动器。经验证,真实无误。里面是关于阿维特为推动首次公开募股而对欧文施加压力的详细记录,还有在那之后他试图让事情好转所做的一切努力……"

"那么欧文是无罪的了。"

"是的。"

"确实是欧文将邮件压缩打包的?"我的嗓门不由自主地大起来。

"他当然起作用了,"他说,"进入证人保护计划是有条件的。这些文件加上他过去的事,很好地解释了为何直到现在他才揭发,为何他别无选择,只能继续同流合污。"

我明白了,但同时又有一种奇怪的感觉。起初我觉得是格雷迪隐瞒欧文的事让我生气的缘故,但后来意识到格雷迪还隐瞒了别的什么事。

"你为什么现在告诉我这个消息?"

"因为贝莉回来时,我们需要团结一致,"他说,"我们需要讨论证人保护计划,还有你们的最佳行动方案。我知道这感觉不太好,但你们不会重新开始,至少不必完全重新开始。"

"什么意思?"

"欧文留给贝莉的钱是合法的，"他说，"你会带着一大笔积蓄进入证人保护计划，我们项目中的大多数人都没有这样的好事。"

"格雷迪，听起来好像我们拒绝的话，这钱就没了……"

"拒绝的话，不但拿不到钱，一家人团聚的机会也会付之东流。"

我点点头，这正是格雷迪想要说服我的——我应该和贝莉加入保护计划。只有这样欧文才能开始新生活，只有这样全家团聚的条件才算具备。虽然三个人不得不改名换姓，但毕竟又在一起了。

格雷迪一再坚持，说得头头是道，但我心里仍不踏实。我感觉眼前的一切并非全部，谎言之下还有更大的谎言。

格雷迪继续说着。"我们现在要让贝莉明白，这是让她安全的最好的办法。"

安全。听起来很好，但那是有条件的安全。事实上我们不再安全。

贝莉正在来这里的路上，在不久的将来她将去往一个"安全"的世界。格雷迪很快就会告诉她，她将不得不成为另一个人。

当然，除非我能阻止这一切。

我必须振作起来。

"嗯，我们是要好好研究一下，"我说，"怎么做对贝莉最有利，我得先去趟洗手间……

我需要给脸上泼点水。二十四小时没睡觉了。

他点点头。"没问题。"

我走出会议室时，故意在他身边停了一下。这是计划中的重要部分，一定要让他相信我。

"她没事，我就放心了。"

"我也放心了，"他说，"听着，我知道这对你们来说很难。但这是最好的选择，贝莉会很快适应新环境，事情看起来也没那么可怕。你们会在一起的。等欧文一出现，我就把他带到你们身边。我相信欧文现在期盼的就是一家人团聚。当然，首先要确保你们的安全，等你们都准备好了……"

说完他笑了。我也向他笑了笑，就像我相信他知道欧文为什么消失，相信只有隐姓埋名，他和女儿才能相聚，相信除了我，其他人都有能力保护贝莉。

格雷迪的电话响了。"等我一分钟？"

我指了指洗手间。"可以吗？"

"当然。去吧。"

他一边接电话，一边向窗户走去。

我穿过大厅，朝洗手间走去，回头一看，格雷迪背对着我，手机贴着耳朵。走过洗手间时，他没有转身。按下电梯下降键时，他看着窗外。

电梯来得真快，我跳了进去，按了关门键。格雷迪还没挂电话我就到了大厅。而当西尔维娅去女厕所检查时，我已经在雨中的街上了。

我将欧文留给我的纸条压在电话下面,等他们看到时,我已转过了弯。

我沿着奥斯汀的街道义无反顾地快步向前。

人人都应盘点生活

以下是我知道的事。

晚上睡觉前,欧文通常会做两件事。他向左侧过身来,靠向我,用胳膊搂住我,脸贴在我的背上,手放在我的心上。

他很平和。

他每天早上都跑到金门大桥下,然后跑回家。

他可以天天吃泰式炒饭为生。

他从不摘下结婚戒指,即使洗澡时。

他总是开着车窗,不管外面是几度。

他每年冬天都说要去华盛顿湖上冰钓,却从未去过。

他从未中途放弃一部电影,无论有多糟糕,他都会一直看到演职员表出现。

他认为香槟被高估了。

他认为雷暴被低估了。

他有恐高症,别人不知道。

他只开手动挡,认为手动挡有很多优点,但没人理他。

他喜欢带女儿去旧金山看芭蕾舞。

他喜欢带女儿去索诺玛县远足。

他喜欢带女儿去吃早餐,自己从来不吃。

他会做十层巧克力蛋糕。

他会做椰子咖喱。

他有一台用了十年的拉玛佐科咖啡机。

他结过一次婚。他的岳父为坏人辩护。他接受了岳父的工作,因为他娶了他的女儿。欧文就是这样的人。出于需要,出于爱,也可能出于恐惧,他接受了岳父。也许他觉得那是忠诚。

妻子去世后,一切都变了。

他的心碎了。他恨妻子的家人,他恨自己。他对自己以爱之名、以忠诚之名视而不见的事情感到愤怒。这是他离开的一个原因。

另一个原因是他要让贝莉远离那种生活。这是本能的父爱,也是迫切的需要。让她和妈妈那边的人生活在一起太危险了。

这一切我都知道。但我不知道欧文是否会原谅我现在要冒险去做的事情。

"永不干涸"酒吧,第二部分

"永不干涸"酒吧正在营业。

这里有下班后的上班族,几个研究生,一对情意绵绵的情侣。男孩的绿色头发短而直,女孩的双臂布满文身。

一个穿着背心、打着领带的年轻性感酒保在吧台后面为这对情侣倒上曼哈顿酒。一个穿着连身裤的女人看着他,想再来一杯。

我看见查理独自坐在那个祖父的隔间里,喝着威士忌,似乎陷入了沉思。也许他在回想早些时候发生的事。一切出乎意料。

我走过去。起初他并没有注意到我站在那里,等看到我时,没有生气,而是一脸疑惑。

"你在这儿干什么?"

"我要和他谈谈。"

"谁?"

我没有再说什么。他知道我说的是谁。

"跟我来。"

他站起来，领着我走过黑暗的走廊，路过卫生间和电器柜，来到厨房，然后把我拉进去，门在身后摇晃着闭上。

"你知道今晚来了多少警察吗？到处都是。虽然还没问我什么，但我知道他们来了。"

"是法警，我说。"

"你觉得这好玩儿吗？"

"一点都不好玩儿。"

我盯着他。

"你得告诉他我们来了，查理，"我说，"他是你父亲。她是你侄女。从她被带走的那天起，你们就一直在找她。你想隐瞒都不行。"

查理推开通往后面楼梯和小巷的应急门。

"赶紧走。"

"我不能走。"

"为什么？"

我耸耸肩。"无处可去。"

这是实话。我不愿意承认，但查理是唯一能让情况好转的人。

听我这么说，他似乎动了恻隐之心，停了一下，关上了应急门。

"我要和你父亲谈谈，"我说，"你可是我丈夫的朋友。"

"我不是他的朋友。"

"别骗自己了,"我说,"我朋友朱尔斯找到了伊桑的遗嘱。你和我作为贝莉的监护人都在名单上。他要是出事了,我俩照料她。"

他的眼睛湿润了,把手移到前额,拉扯着眉毛,似乎想阻止泪水。这是解脱的眼泪,也是悲伤的眼泪。

"我父亲怎么办?"

"伊桑不想让她和尼古拉斯有任何瓜葛,"我说,"他把你写在遗嘱里面,表明信任你,尽管你似乎很矛盾。"

他摇摇头,不敢相信似的。我能理解。

"这是一场旷日持久的战斗,"他说,"伊桑不是无辜的。也许你觉得他是,但你不知道事情的全部经过。"

"是的,我不知道。"

"那你怎么想的?说服我父亲与伊桑讲和吗?说什么都不管用。伊桑背叛了我父亲,他毁了自己的生活,也要了我母亲的命。我都无法弥补这一切,你又能怎样?"

查理在挣扎。他不知道该如何告诉我他父亲的事,也不知道该如何告诉我欧文的事。

"你和他结婚多久了?"他说,"和伊桑?"

"为什么问这个?"

"他不是你认识的那个人。"

"说下去。"

"伊桑跟你说什么了?"他说,"说我妹妹了吗?"

据我所知,他告诉我的那些事几乎都是假的。她没有一头火辣辣的红发,也不热爱科学,她不是在新泽西上的大学,她很可能都不会游泳。现在我终于知道他为什么要精心编造这样一个故事。如果有人接近贝莉,怀疑她的真实身份,她能笃定地予以否认。我母亲是一个红头发的游泳运动员,和你说的那个人完全不一样。

我看着查理,诚实地说。"他基本没跟我说什么,只是说我会喜欢她的,说我们会喜欢对方的。"

查理点点头,不说话。我能感觉到他想了解我和欧文的生活,想了解贝莉的情况。她现在是谁,她喜欢什么,自幼失去母亲的她举止神情仍然很像他死去的妹妹。他显然很爱她。但他没有问,也没有回答我提出的问题。

"听着,"他说,"如果有人告诉你,因为克里斯汀,我父亲就会忘记和伊桑之间的事,进而达成某种共识,这是不可能的。他不会的,他仍怀恨在心。"

"这我懂。"

但我相信查理无论如何都会帮我的,否则我们就不会像现在这样谈话了。

他温和地看着我。"刚才吓到你了吗?"

"这话应该是我问你啊。"

"我不是故意的,但你确实吓了我一跳,"他说,"你不知道有多少人到这里来,给我父亲制造麻烦。那些在电视上看到庭审报道的犯罪瘾君子,想找我父亲签名。即使过了这么多年,我们仍没有摆脱他们。我们和牛顿帮是一伙的……"

"这听起来太可怕了。"

"是的,"他说,"糟透了。"

查理看着我,若有所思。"你不知道自己在做什么。你希望有个圆满的结局,但这是不可能的。"

"我知道,我只是希望做些别的事情。"

"什么事?"

我停了一下说:"希望这件事不要在这里结束。"

在湖上

查理开着车。

我们向奥斯汀西北部驶去，经过波内尔山，进入得克萨斯山地后，道路两边是连绵起伏的群山，满目苍翠。车窗外，碧蓝的湖水缄默不语。

转入牧场路时，雨势减弱。查理话不多，他告诉我，尼古拉斯出狱的那年，也就是他母亲去世前一年，他父母买下了一栋坐落在湖边的地中海式庄园，这是他母亲梦寐以求的私人度假胜地。母亲去世后，尼古拉斯独自住在那里。这栋房子花了他们一千万美元。正如我在车道脚旁的牌匾上看到的那样，查理的母亲梅雷迪思将其命名为"庇护之地"。不难理解她为什么选这样一个名字，庄园很大，非常漂亮，而且很私密。

查理输入了密码，铁门打开，一条蜿蜒的鹅卵石车道出现在眼前，至少有四分之一英里长，尽头是爬满藤蔓的警卫室。

主屋不那么显眼，法国里维埃拉的建筑风格——层叠式的阳台，古色古香的瓦屋顶，石头立面。最引人注目的是八英尺高的华丽凸窗，仿佛在欢迎客人的到来。

车停在警卫室前，一个身材魁梧，穿着紧身西装的保镖走出来。

查理打开车窗，保镖弯下腰，靠在窗户上。"你好，查理。"

"奈德，今晚怎么样？"

奈德看了我一眼，轻轻点头，然后转向查理。"他在等你。"

他敲敲汽车引擎盖，回到警卫室，打开第二道门。

我们穿过那道门，上了环形车道，不一会儿在前门停下来。

查理把车停好，熄了火，好像有话要说，又好像改变了主意，一句话也没说，开门下了车。

我也随即下车。夜晚凉爽，地面潮湿光滑。

我朝前门走去，查理指着一个侧门说："这边走。"

他打开门，我走了进去。等他锁好门后，我们沿着房子侧面的小路前进。路两侧有很多植物。

透过长长的落地窗，我看到一个又一个亮着灯的房间。感觉这些灯是为我点亮的。房子的布局让人过目难忘，每个细节都颇为用心。长长的、蜿蜒的走廊里摆放着昂贵的艺术品和黑白照片。天花板像教堂的尖顶一样从中间向边上倾斜，房子里摆着深木沙发。农舍风格的厨房环绕在后面，赤陶地板和石头壁炉非常醒目。

尼古拉斯一个人怎么生活？住在这样的房子里又是什么感觉？

小路蜿蜒到一个格子游廊，里面是古色古香的柱子。透过游廊看到的是远处闪烁的小船、橡树树冠以及波澜不惊的湖面。令人叹为观止。

还有一条护城河。

这座房子竟然有护城河。它提醒人们没有明确许可，任何人不得随便进出。

查理指着一排躺椅示意我坐下来，随后自己也坐下来。远处，湖面闪闪发光。

我避开他的目光，盯着那些小船。我知道来这里的目的，现在真的来了，又感觉好像不应该来。

"随便坐吧。"

"好。"

"可能要等一会儿。"

我靠在柱子上。

"站着也行。"

"你就不怕柱子倒了吗……"

一个男人的声音传来。我转过身，惊讶地发现尼古拉斯站在后门口，身边是两只大型巧克力色拉布拉多犬。

"这些柱子并不像看上去那么坚固。"

我赶紧挪开。"很抱歉。"

"没关系,开个玩笑。"

他边走边挥手,手指微微弯曲。这个瘦小的男人留着稀疏的山羊胡,穿着宽松的牛仔裤和开襟羊毛衫,手指得了关节炎,看起来很虚弱。

我咬着嘴唇,尽量不让自己流露出惊讶的神色。没想到尼古拉斯会是这个样子,和蔼、温和,看起来像个慈爱的祖父,声音轻柔,语调和缓,还有些幽默。

"我太太从法国一个修道院买了这些柱子,将它们分两部分运到这里,然后请当地工匠重新组装起来。别担心,够结实。"

"很漂亮。"

"是很漂亮。"他说,"我太太很有设计天赋。房子里的每样东西都是她挑选的。"

他看起来很痛苦,说到他太太时。

"我一般不跟人谈论房子,但我觉得你会喜欢……"

我心里一惊,尼古拉斯在暗示他知道我是以什么谋生的吗?

不管怎样,尼古拉斯现在是老大。奥斯汀是尼古拉斯的地盘,而我将贝莉带回来了。似乎在加强我的想法,两名保镖走了出来,其中一个是奈德。两人都是大块头,不苟言笑地站在尼古拉斯身后。

尼古拉斯没理他们,而是像老朋友一样伸出手。还能怎样？我也伸出手。

"很高兴见到你……"

"汉娜，"我说，"你可以叫我汉娜。"

"汉娜。"

他的微笑真诚而慷慨，与我想象中的情形完全相反。我感到有些不安。欧文当初也认为尼古拉斯是好人吧？如果不是，他怎么会有这样的笑容？怎么会养育出他所爱的女人？

我看向地面和那些狗。

尼古拉斯跟着我的目光，弯下腰，拍拍狗的后脑勺。

"这是卡斯珀，这是莱昂。"

"这些狗真棒。"

"谢谢你！我从德国带来的，正给它们进行'护卫犬训练运动'。"

"什么意思？"

"保护主人的安全。他们是很好的伙伴，"他停了一下，"你想摸摸吗？"

感觉这不是威胁，但也不像是邀请。

我看了看查理，他仍然躺在沙发上，胳膊遮住眼睛，看起来很随意，却仿佛不自在。尼古拉斯将手放在他的肩膀上，查理握住他父亲的手。

"嘿，爸爸。"

"漫漫长夜，不好熬吧，孩子？"

"是的。"

"给你拿杯喝的,"他说,"苏格兰威士忌?"

"太好了。"

查理抬头看着父亲,真诚而坦率。我误解他了,不管心情如何糟糕,似乎都与他父亲无关。

格雷迪是对的。不管尼古拉斯职业生涯中是什么样的人,不管他多么的丑陋、危险,他都是那个将手放在儿子肩膀上,问他忙碌一天后要不要喝一杯的人。这是查理眼中的父亲。

我不禁怀疑格雷迪关于尼古拉斯的说法。当然,也许他说得很对。为了确保贝莉的安全,我最不应该来的就是这里。

尼古拉斯朝奈德点点头,奈德朝我走来。我吓了一跳,向后退去,举起双手。

"你要干什么?"

"他只想看看你没有带窃听器。"尼古拉斯说。

"相信我,"我说,"戴窃听器有什么好处?"

尼古拉斯笑了笑。"我不会再参与这种事情了,"他说,"但如果你不介意的话……"

"请抬起你的手臂。"奈德说。

我看向查理,希望他能支持我,说这没必要。但他没有。

我照奈德的要求抬起双臂,我告诉自己这就像机场安检。

他的手很冷，我看到他屁股上挂着枪，尼古拉斯看着我，身边的护卫犬显然也准备好了。

这些人肯定不会放过欧文。我现在做什么都无济于事，格雷迪的话在我脑海中回荡。

奈德离开我，向尼古拉斯示意。

我看着尼古拉斯。"这就是你欢迎客人的方式吗？"

"这些天我的客人不多。"

我点点头，把毛衣抻直，双手抱胸。尼古拉斯转向查理。

"查理，我想和汉娜单独待一会儿。你要不在游泳池边喝一杯？然后回家。"

"我是汉娜的司机。"

"让马库斯替你吧。我们明天再谈。好吗？"

尼古拉斯拍拍儿子。查理好像有话要说，但还没等他开口，尼古拉斯就打开房门，走了进去。

他在门口停下来，好像在等我做出选择。我可以现在离开，和查理回家，也可以待在这里。

这是我面临的选择。要么留下来，要么一走了之。就像一个奇怪的测试，但我早已无路可退。

"我们走吧？"尼古拉斯说。

现在离开还不晚。欧文浮现在我脑海里，还有格雷迪。他们不希望我在这里。

我的心怦怦直跳。我肯定尼古拉斯能听到。

总有那么一刻,你会感觉自己力不从心。

两只狗仰头看着尼古拉斯。大家都在看着尼古拉斯。

我朝他走去。

"您先请。"我说。

两年前

"贝莉,你的裙子真好看。"

我们在洛杉矶威尼斯的菲利克斯餐厅吃晚餐。我正在给客户设计房子,欧文觉得这是我和贝莉共度时光的绝佳机会。我们大概是第八次见面了,通常她还会做些别的事情,而不仅仅是一起吃顿饭。

我们三个人很少一起过周末。我和欧文带她去过好莱坞露天剧场看杜达梅尔的演出,她很喜欢。现在我们在洛杉矶最好的意大利餐厅吃饭,她也很喜欢。她只是不喜欢单独和我做这些事情。

"你穿那种蓝色衣服很好看。"

她喝了一口意大利苏打水,没有回答我,甚至连耸肩的动作都没有。

"我得去趟洗手间。"

欧文还没来得及回答,她就起身走了。

看着她消失在拐角处,欧文对我说:"本来想给你一个惊喜，现在告诉你也不错，下周末带你去大苏尔。"

我在洛杉矶待一周，完成项目后打算周五飞到索萨利托。欧文说要和我一起去拜访他的表亲，他说他的表兄弟住在海边的卡梅尔——半岛尽头的一个旅游小镇。

"卡梅尔没有你的表亲吧？"

"很有可能是某个人的表亲。"

我笑了。

"对我来说很好。"他说，"我没有表亲，除了贝莉，我没有家人。"

"她是你的福音。"

他笑了笑。"你真的这么认为吗？"

"当然。"我停了一下，"但她不见得也喜欢我。"

"别担心，你和贝莉会是彼此的福音。"

他喝了一口酒，然后递给我。

"你试过'波本好运'吗？"他说，"我只在特殊场合喝。用波本威士忌、柠檬和薄荷调制的，很管用，能带来好运。"

"你要运气干什么？"

"我要问你一个问题，你可能会说这个问题问得太早了，"他说，"可以吗？"

"求婚吗？"

"求婚是肯定的，"他说，"但不是像现在，贝莉去卫生间了，你可以长出一口气了……"

249

他没有说错。我屏住了呼吸,他现在向我求婚的话,我真不知该如何回应。

"我会在大苏尔向你求婚。我们会住在悬崖顶上,周围是橡树,那是你有生以来见过的最漂亮的树。你可以睡在它们下面,在蒙古包里,可以看到大海、树木。其中一棵刻有我们的名字。"

"我从来没睡过蒙古包。"

"好吧,下星期你就不能这么说了。"

他把酒拿回去,长啜一口。

"有点操之过急,但我等不及做你丈夫了。"

"郑重声明。"

"好吧,我不会那么严肃,"我说,"但和你的感觉是一样的。"

这时贝莉回到餐桌前,坐下来开始吃美味的意大利面。

欧文凑过去,在她的盘子里咬了一大口。

"爸爸!"她笑了起来。

"分享就是关爱,"他说,嘴里塞满了食物,"想听点酷的吗?"

"当然。"她说。

"汉娜给我们买了明晚格芬剧院《赤脚在公园》的票。尼尔·西蒙是她的最爱。听起来是不是很棒?"

"我们明天还要和汉娜见面?"还没来得及控制住自己,她的话已出口。

"贝莉……"欧文摇摇头。

他看了我一眼：很抱歉。

我耸耸肩：没关系。

我的意思是这没什么大不了的。一个从小没有母亲的十几岁的孩子，我没指望她愿意与我共同拥有欧文，其他人也不应该对她抱有那样的期望。

她低下头，很尴尬。"对不起，我只是……有很多作业要做。"

"没关系，"我说，"我也有一堆事要做。你们俩为什么不去看戏呢？就你和爸爸。做完作业后，兴许我们还可以回酒店碰头？"

她看着我，一脸警惕。我想让她明白，我对她的关爱是真心诚意的。

在我看来，她不一定非得对我好，也不需要假装那样。她只需要做她自己。

"老实说，贝莉，怎么样都行，不要有压力。"

欧文抓住我的手。"真的希望我们能一起去。"

"下次吧。"我说，"我们下次去。"

贝莉抬起头，还没来得及掩饰，我从她的眼睛里看到了谢意。这个孩子多么需要一个父亲之外的人来理解她。有那么一瞬间，她或许觉得那个人就是我。

"好的，"她说，"下次吧。"

第一次，她对我笑了笑。

你必须靠自己

我和尼古拉斯走在挂满艺术照的走廊里，路过一张大苏尔附近华丽海岸的照片，这张照片很少有，在陡峭的山和海洋分界线上有一段非常狭窄的道路。看着这熟悉的风景，往事涌上心头，以至于我差点错过餐厅，错过刊登在《建筑文摘》上的那张餐桌。就是这张桌子助我开启了事业之门。

这是我被人复制最多的作品。具有广告效应后，一家大型商店甚至照原样做了一张桌子。

我不由得停下来。尼古拉斯说房子里的每件家具都是由他太太精心挑选的。她是不是看过《建筑文摘》上的那个专题报道后买的这张桌子？很有可能。那个报道现在还在他们的网站上。如果搜索得足够仔细，她其实是能够找到外孙女的。

最近发生的事情一步一步将我引到这里，而我过去的作品也竟然出现在这座房子中。所有这些都好像在提醒我，我生命中重要的一切都受制于现在发生的事情。

尼古拉斯为我打开了厚厚的橡木门。

我尽量不看奈德,他就在后面几英尺的地方,我也尽量不看他身边流着口水的狗。

我跟着尼古拉斯走进他的办公室。里面有黑色的皮椅、阅读灯、红木书架,书架上摆放着百科全书和经典书籍,墙上挂着尼古拉斯·贝尔的毕业证书和荣誉证书。

成绩优等。美国大学优等生荣誉学会。《法律评论》。这些文档都被骄傲地装裱起来。

房间里还摆满了家人的照片,墙上、书柜上、书架上到处都是。但桌子上全是用标准银框装裱的贝莉的照片,被放大到了正常尺寸的两倍。这些照片都是贝莉小时候照的,黑眼睛,柔嫩的卷发——没有一缕是紫色的。

然后是她的母亲,凯瑟琳。她几乎在每张照片中都抱着贝莉。我注意到一张贝莉出生没几天戴着蓝色小帽子的照片,凯瑟琳和她躺在床上,她的嘴唇贴着贝莉的嘴唇,额头贴着贝莉的额头。简直让我心碎。我想这就是为什么尼古拉斯将这些照片全部放在眼前的原因,它们每天都让他心碎。

善与恶同时出现在我面前,其间的距离并不遥远,它们的出发点往往相同——希望事实发生改变。

奈德仍待在走廊里。尼古拉斯朝他点点头,关上厚重的橡木门。

只有我俩了。

尼古拉斯走到吧台，倒了两杯酒，递给我一杯，然后坐在桌子后面，把前面的椅子留给我坐——一把深色的、有金色蚀刻的皮椅。

"请自便。"

我手里拿着酒坐下来。我不喜欢背对着门，觉得有人会进来向我开枪，这并非不可能。保镖可能会出其不意，那些狗可能会突然行动，查理也可能会冲进来。也许我误解了欧文的遗嘱，我本想帮助贝莉和欧文摆脱困境，却没想到越陷越深。我闯进了狮子洞，可能会死在这里。

我放下酒，目光又回到贝莉小时候的照片上。我盯着一张她身穿派对礼服，头上缠着蝴蝶结的照片看起来。

尼古拉斯似乎也注意到了，把照片递给我。

"那是克里斯汀的第二个生日。她已经能用完整的句子说话了。真是不可思议。我带她去公园玩，在那之后一周左右，我们碰到了她的儿科医生。他问她话，她回答了一两段话，"他说，"医生当时非常惊讶。"我手里拿着照片，从她那头卷发就能看出她的性格来。

"我相信。"

尼古拉斯清了清嗓子。"我想她现在还是这个样子吧？"

"不，"我说，"现在单音节词更适合她，至少对我来说是这样。但是，总的来说，她很棒。"

我抬起头，看到尼古拉斯有些生气。他仿佛看见我惹贝莉不高兴了，抑或是因为他自己没有这样的机会。

我把照片还给他。他将它放回原来的地方，动作简单，却满怀深情。他将她的每一件东西都放在伸手可及的地方，好像这样，就能找回她。

"那么，汉娜，我能为你做些什么呢？"

"嗯，希望我们能达成协议，贝尔先生。"

"请叫我尼古拉斯。"

"尼古拉斯。"

"还是不对。"

我吸了一口气，在椅子上往前挪了一下。"你还没听完我要说的话呢。"

"我说'不对'的意思是，你来这里不是为了达成协议，"他说，"而是希望眼前的这个人并非别人眼中的尼古拉斯。"

"不是，"我说，"谁对谁错我不感兴趣。"

"很好，"他说，"我觉得你也不会喜欢真正的答案，人们通常会按照自己的喜好做判断。"

"你不相信人是可以改变主意的？"

"这让你吃惊吗？"

"不至于，但你是律师，"我说，"说服别人难道不就是你的工作吗？"

他笑了笑。"我想你把我和检察官搞混了，"他说，"一个好的辩护律师，从不试图说服任何人任何事。相反，他提醒人们，你不能确定任何事。"

尼古拉斯拿起桌子上的一个棕色烟盒，打开盒盖，抽出一支烟。

"我不会问你要不要来一支。我知道这个习惯不好，我十几岁就开始抽烟了，小镇上没什么事可做。我在监狱里又开始抽烟，原因还是无事可做，"他说，"从那时起，我就没能戒掉它。我妻子还在时，我会用尼古丁贴片。你见过吗？如果你能克制自己。这些东西很管用。但自从她去世后，我就不需要了，有什么意义呢？查理为此很伤心，但他也无能为力。我老了，别的东西会先找上我。"

他把香烟放在嘴里，手里拿着银色打火机。

"愿意的话，给你讲个小故事，"他说，"你听说过哈里斯·格雷吗？"

"没有。"

他点燃烟，长吸一口。

"你当然没听说过他。就是他把我介绍给前雇主的。我们第一次见面时，他才二十一岁，地位非常低。如果他的职位再高一些，集团负责人就会叫内部律师来帮他，那我现在就不会坐在你对面了。奥斯汀市请我为他辩护。我被随机指派到公设辩护律师办公室，工作人员不但认为哈里斯服用奥施康定，还指控他蓄意分销。很明显，没冤枉他。"他又吸了一口，"我的意思是，我起作用了，只是效果有点太好了。哈里斯本该在监狱待三十六个月，或七十二个月,但我让他免于牢狱之灾。"

"你是怎么做到的?"

"像做其他事一样,尽力就行了。"他说,"我做过详细的调查,检察官很草率,没有披露可开脱罪责的证据,我凭此驳回了这个案子。哈里斯自由了。从那之后,他的雇主要求见我。他们对我印象很深刻,想让我继续帮助其他成员摆脱类似的困境。"

我不知道他想让我说什么,但他看着我,也许只是确保我在听。

"哈里斯所在集团的领导认为,我的能力可以确保他们的人员安全和工作运行。他们用私人飞机带我和妻子去了南佛罗里达。我以前从未坐过头等舱,更别说坐私人飞机了。他们还安排我们住在海滨酒店的套房里,给我们配备了私人管家,并向我提出了一个商业建议,一个很难让人拒绝的建议。"他停顿了一下,"我不太清楚为什么要提到飞机和管家。也许是想告诉你,我的雇主对我的款待远远超出了我的能力范围。并不是说我别无选择,我相信人总是有选择的,我的选择就是依法为那些应得到正当辩护的人辩护,这是一种荣誉。我从没对家人撒过谎,也知道自己没有越界。这与为烟草公司工作没什么区别,"他说,"一样需要道德考量。"

"但我会为烟草公司工作。"

"好吧,并非所有人都有你这样严格的道德准则。"

257

他说这话时语气很犀利。我想和他争辩,但突然想到,他或许是在考验我是否会与他争辩,想知道我是为了讨好他还是反对他。

"并不是说我的道德准则有多么严格,但在我看来,你的雇主伤害了很多人,这你是知道的,"我说,"但你仍然为他们做事。"

"哦,这就是你我之间的区别吗?"他说,"你把一个失去母亲的孩子从她外祖父母手中夺走会造成什么伤害?你剥夺了这个孩子认识所有能让她想起母亲的人的权利,这会造成什么伤害?"

我愣在那里。尼古拉斯给我讲他的故事,既不是为了让我更好地了解他,也不是为了看我是否愿意跟他交往,而是为了发泄他的愤怒。他想伤害我。

"最让我吃惊的是他的虚伪。"他说,"伊桑比我的孩子还要清楚我为雇主所做的一切。一方面是因为他知道计算机加密系统,另一方面是因为我和他的关系很密切。这么说吧,他帮我做事,也给我带来了麻烦。"

我不知道该怎么反驳。这是他的看法,他认为自己是一个顾家的男人,一个受委屈的男人。他认为欧文背叛了他,和他一样有罪。我只能以其人之道还治其人之身。

"我认为你在这点上没有错。"

"是吗?"

"我丈夫愿意为他的家庭做任何事,我想无论你让他做什么，他都会全力以赴。"我停了一下，"直到他觉得不能再这样下去了。"

"伊桑和我女儿交往时，我已经为我的雇主工作了很长时间，"他说，"请注意，我对其他客户也是如此。我一如既往为他们服务，我想你肯定对我的善行没什么兴趣。"

我什么也没说，他只是在表明自己的观点。

"伊桑把凯瑟琳的死怪在我头上。他怨恨我的老板，虽然他们与此事无关。凯瑟琳在得克萨斯州最高法院的一名法官手下工作，那是一个非常有影响力的法官，你知道吗？"

"我知道。"

"就是这位法官，让得州法院的立场急剧左倾，将对全美第二大能源公司投下决定性的一票，这家公司正在将剧毒化学物质排入大气中，他们才是真正的罪犯。"

他一动不动地看着我。

"这位法官，凯瑟琳的老板，代表大多数人撰写了一份反对意见，致使能源公司不得不进行彻底的改革，还要耗资近六十亿美元来改进节能措施。我女儿被杀的第二天，法官回到家，发现邮箱里有颗子弹。你觉得这是什么？巧合？还是警告？"

"这些事我不知道。"

"好吧，伊桑认为他知道得够多的了。他不明白我花二十年时间保护的人，是不会伤害我女儿的。我认识这些人，他们有自己的荣誉准则。他们不是这样做事的。即使最邪恶的成员也不会在没有提示的情况下做这样的事。但伊桑不相信。他只想责怪我，惩罚我，好像我受到的惩罚还不够。"他停顿了一下，"没有什么比失去孩子更糟糕的了，尤其是你还是一个为家人而活的人。"

"我明白。"

"你丈夫不明白。这是他永远无法理解我的地方。他作证后，我在监狱里待了六年半，没有将雇主的秘密透露给家人，这也是为了保护他们。他们将我的服刑也视作一种服务，所以直到现在仍然对我很慷慨。即使退休了，仍将我当作他们中的一员。"

"即使你的女婿把他们中的许多人送进监狱？"

"和我一起进监狱的大多是级别较低的人，"尼古拉斯说，"我替高层承担了责任。他们没有忘记，他们不会忘记。"

"所以你可以让他们放过伊桑？"

"你难道没听见我说的话吗？"他说，"他的事和我无关。再说了，我还不了他的债，别人也不行。"

"你刚才说他们愿意为你做任何事。"

"这是你想听到的，"他说，"我的意思是，他们在某些事情上对我很慷慨，但并非所有事情上都如此，即使一家人也不能毫无原则。"

我突然意识到尼古拉斯是一个情感匮乏的人，他与家人的感情并不是很好。

"你从来就不喜欢伊桑,是吗?"

"什么?"

"其实你第一次见到他时,就认为他配不上你女儿。这个来自南得克萨斯的可怜孩子想娶你唯一的女儿,这不是你想要的。你们都在小镇出生、长大,都想凭自己的努力过上更好的生活。他原本会成为你这样的人。"

"你是心理治疗师吗?"

"不是,"我说,"我只是观察得仔细一些。"

他饶有兴趣地看着我。显然他喜欢这样,喜欢我用他的话来回击他。

"那你想问我什么?"

"你所做的一切,都是为了让你的孩子有更多的选择。这样凯瑟琳和查理就会有一个充满希望的童年,最好的学校和前程。但你儿子从建筑学院辍学,接管了你妻子的家族酒吧,而且还离婚了。"

"说话小心点。"

"而你女儿嫁给了一个你不喜欢的人。"

"就像我妻子常说的,我们不能决定孩子们爱谁。她选择了伊桑,我只是希望她快乐。"

"但你觉得他不适合凯瑟琳,他不会让她幸福的。"

尼古拉斯身体向前倾,笑容消失了。

"你知道凯瑟琳和伊桑交往期间,她有一年没和我说话吗?"

"直至昨天我甚至都不知道有凯瑟琳这么个人,"我说,"所以我不清楚其中的细节。"

"她才刚上大学,就决定与家庭不再来往,确切地说,是与我断绝关系。"他说,"都是因为伊桑,不过我们还是挺过来了。她又回家了,我们讲和了,孩子爱自己的父亲。伊桑和我……"

"你开始信任他了?"

"显然,我不该这么做,"他说,"但我确实开始信任他了。我给你讲一个关于你丈夫的故事,这样你对他的看法或许会有所改变。"

我沉默不语。因为我知道尼古拉斯说的是实话,至少在他看来是这样。在他看来,欧文不是好人,他辜负了他的信任,他偷走了他的外孙女,他消失了。

尼古拉斯说的没错。他想告诉我,欧文是可疑的,他不是我想的那个人。在他身上有我不了解也无法回避的东西。但当我们爱一个人的时候,我们总会签署这样的协议:无论好坏都要爱他。我们必须签署这份协议来维持对彼此的爱。如果我们足够强大,就能接受一个人的问题和缺陷,我们接受得越多,事情就越会朝好的方面发展。

无论如何,尼古拉斯不会动摇我的爱,也无法让我相信自己遭人愚弄。

"不管怎样,"我说,"我想你知道我丈夫有多爱你的外孙女。"

"你什么意思?"

"想和你做个交易。"

他笑了起来。"我们又回到这个问题上了?亲爱的,你不知道你在说什么。这不关你的事。"

"这关我的事。"

"你说说看?"

我深吸一口气。这是和尼古拉斯谈判的关键时刻,一切都取决于我怎么说服他。

我们一家人的未来悬而未决。我的身份。贝莉的身份。欧文的生活。

"我丈夫宁愿被杀也不愿让你接近他的女儿,他为此不惜将一切连根拔起,将她从这里带走。虽然你很生气,但却尊重他作为父亲的那份勇敢。你没想到他会如此决绝。"

尼古拉斯一言不发,我感觉他很生气,但还是继续说下去。

"你肯定想和你的外孙女维持关系?这是你最想做的事吧?让他们离远点,让我们像往常一样生活,"我说,"想接近你的外孙女,这是唯一的办法。要不就干脆让她再次消失,有人建议我们加入联邦证人保护计划,这样一切将会重新开始。"

尼古拉斯的眼神暗淡下来,脸也涨得通红。

"你刚才说什么?"

他站起来。我下意识地把椅子往后推了一下,除非我离开这个房间,否则任何事情都有可能发生。

"我不喜欢被人威胁。"

"我不是在威胁你,"我说,尽量让自己镇定,"这不是我的本意。"

"那你的目的是什么?"

"请求你保护你外孙女的安全,"我说,"请求你妥当安排,这样她就可以与你的家人重新取得联系,就可以重新认识你。"

他站在那里,盯着我看。感觉时间真漫长。

"我的前雇主……我会和他们商量如何解决这个问题。这会花掉我一大笔钱。但……我只能确保他们不会伤害你和我的外孙女。"

我点点头,喉咙哽咽,然后又问他。

"那伊桑呢?"

"不包括伊桑。"

他说得毫不含糊,非常坚决。

"伊桑要是回来,我无法保证他的安全,"他说,"他欠得太多。即使我想保护他,也无能为力。再说一遍,我没办法保护他。"

其实从一开始,我就知道尼古拉斯不会放过欧文。这是明摆着的事。

"但是你的外孙女,"我说,"你能保证她的安全?"

"是的。"

我沉默了一会儿,直到稳住心神才开口。"好吧。"

"好吧?"他说,"好吧,什么意思?"

"希望你和前雇主谈谈这件事。"

他一脸困惑。他以为我会为欧文的性命和安全求他。

"你清楚这样做的后果吗?"

我开始想象没有欧文的生活。在他的关注下,我俩的日子一如既往。贝莉两年后上大学,过上她想要的生活,成为一个他引以为豪的人。在我的脑海里,欧文和伊桑开始融合——一个是我以为我认识的丈夫,一个是我无法拥有的丈夫。这就是我和尼古拉斯做的交易。

"清楚。这也是伊桑想要的。"

"过一种没有女儿的生活?"他说,"我不信。"

我耸耸肩。"事实就是如此。"

尼古拉斯闭上眼睛,他突然看起来很累。他或许在想没有女儿和外孙女的生活,或许在考虑欧文的情况。他恨他,但又同情他。

我看到了尼古拉斯最不想让我看到的东西——人性。

我决定大声说出这一周一直在想、但没有说出口的事。

"从某种意义上说,我没有母亲,"我说,"我很小的时候她就离开了,比你外孙女离开你的时候大不了多少。她基本不管我,偶尔来一张卡片或一个电话。"

"为什么要告诉我这些?"他说,"想让我同情你?"

"不,"我说,"我有祖父,他人非常棒,也很疼爱我。

265

我拥有的东西比绝大多数人都多。"

"为什么说这些?"

"希望能帮你理解,即使面临失去一切的危险,我首先考虑的还是你的外孙女。无论代价如何,我都会保护她。"我说,"你比我更清楚这一点。"

"为什么这么说?"

"因为你刚才就是这么说的。"

他什么也没说。他明白我在说什么。我母亲从来没有为家庭和我努力过。那是她。我愿意为贝莉,为我的家竭尽全力。这是我。

如果尼古拉斯同意我的请求,那么某种程度上,他就是和我一样的人,为家人而努力的人。

尼古拉斯双臂交叉在胸前,仿佛犹豫不定,需要什么东西来支撑。

"如果你认为总有一天这一切都会改变。"他说,"总有一天一切都会过去,伊桑会回到你们身边,而他们会放任不管……不会的,这是不可能的事,这些人不会忘记,这种事永远不会发生。"

我鼓足勇气说:"我不这么认为。"

尼古拉斯看着我,我也看着他。无论好坏,我们的交锋越来越激烈,形势也变得越来越清晰。

有人在敲门。查理走了进来,他没有离去。尼古拉斯看起来很不高兴。

"格雷迪·布拉德福德在前门。"他说,"身后还有十几名美国法警。"

"真是劳驾他了,劳心费力的。"尼古拉斯说。

"怎么办?"查理说。

"让他进来。"

尼古拉斯转过身,看着我。我们之间的那一刻显然结束了。"如果伊桑回家,他们会知道的,"他说,"他们会一直监视他的。"

"我明白。"

"即使他不回家,他们也会找到他。"

"好吧,"我说,"他们还没找到。"

他歪着头,看着我。"你错了,"他说,"伊桑不会过一种余生没有他女儿的生活。这是他最不愿意看到的……"

"这不是他最不愿意看到的事情。"

"那是什么?"

"别的事情。"

保护她。

查理碰了碰我的肩膀。"车来了,"他说,"你得走了。"

我起身准备离开。尼古拉斯似乎听到了我的话,又似乎什么都不想听。

该说的都已经说了。我跟着查理,向门口走去。

这时尼古拉斯在身后喊道:"克里斯汀……你觉得她愿意见我吗?"

我转过身，看着他。"我想是的，"我说，"是的。"

"那会是什么样子？"

"见你的次数和频率，由她来决定。但我得确保这里是安全的，我会让她明白这些事不会影响你对她的爱。再说，她也应该认识你。"

"她会听你的吗？"

一星期前，答案可能是否定的。今天早些时候，答案也可能是否定的。然而，我得让他相信，我自己也要相信，这样事情才能顺利进行。成败在此一举。

我点点头。"她会的。"

尼古拉斯停了一会儿。"回家吧，"他说，"你们会安全的，你们两个。我向你保证。"

我深吸一口气，哭了起来，又迅速捂住眼睛。

"谢谢你。"

他走过来，递给我一张纸巾。"别谢我，"他说，"我这么做不是为了你。"

他说的没错。我接过纸巾，快步向前离开。

细节决定成败

格雷迪在回联邦法警办公室的路上跟我说贝莉正在等我。我永远不会忘记这一刻。

太阳从伯德夫人湖上空升起,奥斯汀在清晨醒来。车子进入高速公路时,格雷迪从前排座位上转身看着我。

"无论如何,他们都会报复欧文,"他说,"你应该知道。"

我盯着他的眼睛。我不会让他吓到我。

"尼古拉斯就是不肯放手,"他说,"你被耍了。"

"不见得。"

"那要是你错了呢?"他说,"接下来该怎么办?坐飞机回家,回到原来的生活,唯一能做的就是祈祷平安无事?你们并不安全。"

"你怎么知道?"

"十五年的从业经验。"

"尼古拉斯对我没意见,"我说,"我是在一无所知的情况下卷入其中的。"

"但尼古拉斯不知道。"

"他的情况很特殊。"

"什么意思?"

"他想亲近外孙女,"我说,"这是一种比惩罚欧文还要强烈的渴望。"

格雷迪沉默不语,显然他默认了我的说法。

"就算你是对的,一旦这么做了,就再也见不到欧文了。"

我又听到了这句话。它在我的耳边、在我的心里嗡嗡作响。尼古拉斯这么说,现在格雷迪也这么说。我当然知道。它像刀穿过我的心脏,像毒液流过我的血管。

我要放弃欧文了。多么希望这一切都没有发生,我和欧文完好如初,他正在回家的路上。

格雷迪把车停在路边,卡车疾驰而过,震得汽车摇晃不已。

"现在还不晚,去他妈的尼古拉斯。不管你刚刚跟他做了什么交易,都见鬼去吧。"他说,"这不是你该做的交易,你得为贝莉着想。"

"我满脑子想的都是贝莉,"我说,"什么对她是最好的,欧文希望我为她做什么。"

"你真的认为他希望你选择一条他再也见不到女儿的路吗?和他撇得一干二净,再也不能联系?"

"那你告诉我,格雷迪,"我说,"你认识欧文的时间比我长多了,你觉得他消失的时候想让我做什么?"

"我认为他想让你低调行事,直到我帮他解决问题。希望他的面孔不会出现在新闻上,希望你们不必改名换姓。如果有必要,想办法让一家人团聚。"

"知道为什么我一直不相信你吗?"我说。

"你说什么?"

"机会有多大,格雷迪?如果把我们转移了,找到我们的概率有多大?"

"很小。"

"百分之五,百分之十的机会?"我说,"上次泄密是怎么回事?这种事情发生的可能性也很小,但它确实发生了。在你的监管下,欧文和贝莉处于危险之中。欧文可不想冒这个险,他不会拿贝莉做赌注的。"

"我不会让贝莉出事的——"

"这些人一旦发现我们,就会想尽一切办法找到欧文,是不是?他们不会客气的,是不是?"

他没有回答,他不能回答。

"问题就在于你不能阻止这种事。你不能保证我的安全,也不能保证欧文的安全,"我说,"这就是为什么他把她留给了我。这就是为什么他选择消失,而没有直接去找你。"

"你的想法是错的。"

"我丈夫知道他娶了什么样的人。"

格雷迪笑了。"要说这件事让我明白了什么道理,那就是人们不了解自己的妻子。"

"那不见得,"我说,"如果欧文想让你来处理这件事,那他早就跟我说了。"

"那怎么解释他发给我的那些邮件?他保留的那些资料?这些东西肯定会让阿维特锒铛入狱,联邦调查局已经在进行认罪协议程序,阿维特会判二十年刑……"他说,"他这么做是不是在为加入证人保护计划做准备?"

"他这么做另有原因。"

"什么原因?"他说,"他的遗产?"

"不是,"我说,"因为贝莉。"

他笑了笑。我能感觉到他想告诉我所有的事情,但觉得又不能告诉我。他和尼古拉斯一样,知道欧文的所有事情,也许他觉得告诉我一些更接近真相的事会让我更了解他。但我决心已定。

"简单说吧。"他说,"尼古拉斯是个坏人。他总有一天会惩罚你的。贝莉也许是安全的,但如果找不到欧文,他就会为了伤害他而惩罚你。你对他来说是完全可以牺牲的,他根本不在乎你。"

"我知道他不在乎我。"

"但你得知道这样回去是很危险的,"他说,"好好配合,我才能保护你们。"

我没有回答他。我知道他做不到。

我明白,尼古拉斯无论如何都能找到我们,但不管怎样,事情总会有转机。我不妨试一试,尽力照顾好贝莉。

这样，她就不必改名换姓，继续她现在的生活。

这孩子够惨的了，我能做的就是给予她足够的关爱。

格雷迪发动汽车，上了高速公路。"你不能相信他。你以为你能相信他，真是疯了。你不能跟魔鬼做交易，同时还指望有好的结果。"

我转过身，看着车窗外。"但我刚刚跟他做了笔交易。"

寻找回到她身边的路

贝莉坐在会议室里，哭得很厉害。

我还没来得及说什么，她就跳起来，向我跑来，紧紧抱住我，头靠在我的颈弯上。

我就这样抱着她。此刻她最需要的是有人告诉她不要害怕，一切都会好起来的。

"我不应该悄悄溜走。"

我把她遮在脸上的头发拨开。"你去哪儿了？"

"我哪儿都不应该去，"她说，"很抱歉。当时我听到敲门声，吓坏了。然后手机响了，我接通电话，但信号不好。我不停地打招呼，但没有回应。于是我走进了大厅，看看能不能听得清楚些……"

"你一直走？"

她点点头。

格雷迪看了我一眼，好像我不该去安慰她，我越界了。这就是他看问题的方式。

"我以为打电话的是爸爸。不知道为什么。也许是静电干扰，或号码被屏蔽了。我能强烈地感觉到他想联系我。我想我应该多走一会儿，看看他会不会再来找我。但他没有，我就继续往前走，我当时没想太多。"

我没问她为什么不打招呼就离开了。也许她不相信我，即便有别的原因，也和我无关。当意识到要靠自己的时候，就不要指望别人了，要做的就是想办法实现自己的目标。

"我去图书馆了，"她说，"带着库克曼教授的花名册继续翻查年鉴档案。我不甘心，觉得离开奥斯汀前一定要弄清楚。"

"你找到他了吗？"

她点点头。"伊桑·杨，"她说，"名单上的最后一个人……"

我什么也没说，等着她说完。

"然后他确实打电话来了。"

"你说什么？"

"你跟你爸爸说话了？"格雷迪说。

她抬头看着他，轻轻点了点头。

"我能和汉娜单独谈谈吗？"她问道。

很显然，格雷迪不同意。

"贝莉，"他说，"你得告诉我欧文说什么了。这样我好帮助他。"

她摇摇头，明显不愿在他面前谈论这件事。

我示意她告诉我们。"没关系。"

她点点头,看着我,"我找到了爸爸的这张照片,他看起来很沉重,头发很长,到肩膀那儿了……就像鲻鱼。我……我差点笑出来。他和现在差别太大了。但确实是他,"她说,"绝对是他。我打开手机想给你打电话。就在这时,屏幕显示有电话从 Signal 应用软件上打过来。"

Signal。几个月前,我们三个人在渡轮大厦吃饺子,欧文拿过贝莉的手机,说要在上面安装一个名为 Signal 的加密应用软件。他告诉她网上的东西会永远留有痕迹,还开玩笑说,如果要发性感短信,她就应该用这个软件。听到这话,她假装把饺子吐了。随后欧文认真起来,他说如果要删除通话记录或短信,就使用这个程序。他说了两遍。"只要你不再在我面前用'性感'这个词,我就把它装在手机上。"她说。

"成交。"他说。

贝莉语速很快。"他没说从哪里打来的,也没问我是否还好。他说有二十二秒通话时间。这个我记得。二十二秒。然后他说很抱歉,形势所迫,他不得不以这种方式打电话。"

她强忍着泪水,看了看我。

"他说什么了?"我轻轻地问。

仿佛有一座大山压在她柔嫩的肩膀上,她无比艰难地说:"他说要过很长时间才能再打来。他说……"她摇摇头。

"说什么,贝莉?"

"他说……他真的不能回家。"

悲伤之情溢于言表。她在试着接受一件可怕的、难以置信的事。

他走了。不会再回来了。

"他的意思是……永远不回来了?"她问道。

我还没来得及回答,贝莉就呜咽起来了,声音急促而粗重,好像在极力抵制这个事实。

我紧紧握着她的手。

"不会那样的……"格雷迪插话,"我觉得……你肯定理解错他的意思了。"

我瞪了他一眼。

"那个电话确实让人心烦,但我们现在需要讨论的是下一步该怎么办。"

她看着我。"下一步?"她说,"什么意思?"

我朝她挪了挪,好像这样她就会相信我。

"格雷迪的意思是我俩现在该去哪里,"我说,"我们要不要回家……"

"也可以说要不要帮你建立一个新家。"格雷迪说,"就像之前说的那样,我给你和汉娜找个地方住下,然后重新开始。你父亲觉得安全了,再回来找你们。明天是不可能的了,也许这就是他在电话里想说的,但……"

"明天为什么不可能?"她打断了他。

"为什么不是明天？"她说，"为什么不是今天呢？如果我父亲知道你是保护我们的最佳人选，那他现在为什么还在逃跑？"

格雷迪不由自主地笑了。声音不大，听起来却很生气。欧文不想进行指纹确认，不想让自己出现在新闻上，不想让人毁掉贝莉的生活，但他又在哪里？很显然，办法已然用尽，招数已经使完。如果他认为重新开始是安全的，他现在就会在我们身边。

"贝莉，我现在不能给你一个满意的答案，"他说，"我能做的就是告诉你，无论如何，只有我能保证你们的安全。"

她低头看着，我握着她的手。

"那么……这就是我爸爸的意思？"她说，"他不会回来了？"

她只是想让我确认。我没有犹豫。

"是的，他不会回来了。"

她的眼神从悲伤变成愤怒，又转为悲伤。

"贝莉……"格雷迪摇摇头，"真没想到事情会是这样，我了解你父亲——"

她猛地抬起头。"你说什么？"

"我说，我了解你爸爸——"

"不，你不了解他。"

她脸色泛红，眼神凶狠而刚毅，心志渐趋坚决，立场愈发坚定，一副毫不妥协的样子。

她看着我，毫不理会说个不停的格雷迪，她说，她知道我去找尼古拉斯的原因，知道我做这一切的原因，然后她沉默了。说话时，她语带寒意，横眉冷目，简直像变了一个人。我的心在滴血。

"我只想回家。"

我看着格雷迪，好像在说，听到了吧。

放我们走。

两年零四个月前

我和欧文看了一场戏,并非正式约会。走出剧院后,他问我是否可以去我的工作室。"不是玩啊。"他说。他想学习如何使用车床,了解我是如何工作的。

我们打开工作室的灯。"教我怎么做。"

他环顾四周,搓着手。"那么……从哪儿开始呢?"

"得选块木头,"我说,"首先要选一块好木头,木头不好,你就没辙了。"

"你们木雕家是怎么选的?"

"不同的人有不同的做法,"我说,"我的祖父主要用枫木,他喜欢它的颜色和纹理。但我什么样的木材都用,橡木、松木、枫木。"

"你最喜欢用哪种木材?"

"我平等对待,没有偏爱。"

"哦,真好。"

我摇摇头,笑着回了他一句。"你取笑我……"

他举起双手表示投降。"没取笑你,"他说,"我很着迷。"

"好吧,希望听起来不迂腐。我想……不同的木头有不同的吸引力。"

他走到工作区,弯下腰,看着车床。

"这是我的第一课吗?"

"不,第一课是学习挑选一块好木头,而且要懂得好木头是由某个东西来定义的,"我说,"我祖父以前常这么说,我觉得这绝对是至理名言。"

他用手摩挲着正在加工的一块松木。这块木头整体颜色很深,看起来饱经沧桑。

"是什么定义了这个家伙?"

我把手放在中间的一个地方,那里颜色几乎褪尽。

"我觉得这部分很有趣。"

他也把手放在那里。

"嗯,我喜欢,就像哲学……"他说,"我觉得你可以对人说同样的话。一天结束时,有什么事定义了他们。"

"是什么定义了你?"

"是什么定义了你?"

我笑了笑。"我先问你的。"

他也笑了笑,笑容迷人。

"好吧,"他说,"为了女儿,我什么都愿意做。"他毫不犹豫地说。

281

有时候你可以回家

我们在等待飞机起飞。贝莉凝视着窗外，看起来很疲惫，眼睛又黑又肿，皮肤上有许多红斑。

我并没有将所有事都告诉她，但她仍惶恐不安。

"他们会来拜访的，"我说。"尼古拉斯和查理。愿意的话，还会带你的表亲来，你的表兄弟们肯定很想见你。"

"会不会跟我们住在一起什么的？"

"不会的。刚开始交往，我们会一起吃一两顿饭。"

"你会去吗？"

"当然了。"

她点点头，表示认同。

"我必须现在就做决定吗？"

"你现在不需要做任何决定。"

她没有再说什么。她明白父亲不会回家了，自己要融入那个大家庭，只是现在不想谈。她也不想谈论没有父亲的日子会是什么样子。现在不是谈这些事的时候。

我深吸一口气，尽量不去想这些事。

我们必须一步一步往下走。朱尔斯和马克斯会去机场接我们。冰箱里有食物，晚餐已备好。这样的生活会日复一日，直至一切如常。

还有一些事情是无法避免的，比如几周或几个月后，贝莉身心渐趋恢复，而我也终于能够静下心来去想我失去了什么。

当世界再次平静下来，我会努力不让失去欧文的悲痛击垮我。

最奇怪的是，一些设想缓解了我的悲痛。直到现在我才开始思考这个问题：如果欧文一开始就告诉我他的过去，如果他警告我，我会走进什么样的生活，我还会选择他吗？我会落到现在的下场吗？我又想起母亲离开后祖父给予我的那个恩典时刻，它让我从流离失所的感觉中摆脱出来，让我意识到我完全属于自己。就算欧文告诉我真相，我仍会如此选择吧。

"怎么等这么久？"贝莉说，"为什么还不起飞？"

"我不知道。空乘人员说了一些在跑道上排队的事情。"

她点点头，双臂环抱，又冷又不开心。她的T恤显然无法抵御飞机上的冷气，手臂上又满是鸡皮疙瘩。

我把手伸进包里，拿出贝莉喜欢的羊毛连帽衫。返程前我就将连帽衫塞进包里，专为这一刻做好准备。

我第一次知道如何满足她的需要。

她接过毛衣穿上，用手掌温暖她的肘部。

"谢谢。"

"不客气。"

飞机向前颠簸了几英尺，又退回来。然后，慢慢地在跑道上平稳滑翔。

"好了，"贝莉说，"终于要起飞了。"

她靠在椅背上，松了口气，闭上眼睛，把胳膊放在我们共用的扶手上。

她的手肘在那里，飞机在加速。我也把手肘放在那里，我俩都在调整，彼此靠近。

新的开始。

五年后。或八年。或十年

在洛杉矶太平洋设计中心,我和另外二十一名木雕家、生产商参加一个名为"初见"的展览。展厅里是我首次展示的白橡木作品系列。

这些展览是吸引潜在客户的好机会,同时也像某种聚会,和大多数聚会一样,让人费神费力。几个建筑师和同事过来打招呼、叙旧。接近下午六点时,我感觉自己精力涣散,茫然地看着周围的人。

贝莉要和我一起吃晚饭,所以我打起精神找她,暗自高兴有一个合适的理由将手头的事放下,结束一天的工作。一起要来的还有她新交的男朋友,一个名叫谢普的对冲基金投资人(给他减掉两分)。

她发誓说我会喜欢他的。

我不确定她指的是在金融界工作,还是他的名字叫谢普。不管怎样,她似乎吸取了上次恋爱的经验和教训。他的前男友名字虽不招人讨厌(约翰),但没有工作。这就是

20来岁的女孩交男朋友的状态。我很高兴她正在变得成熟，考虑事情也更加周全。

她现在住在洛杉矶，我也住在这里，离大海不太远，离她也不太远。

贝莉高中一毕业我就把那套船屋卖了。但我并不认为这样就避开了他们的监视。我肯定他们一直在监视，他们不会放过任何一次欧文冒险回家的机会。我的生活照常进行，不管是否有人在监视，也不管欧文是否会回家。

有时我觉得在机场休息室或餐馆外面看到了他们，谁多看我一眼，我就仔细打量他，这样就不会有太多的人接近我，也省去了很多麻烦。现在我的心里空无一人。

糟糕。

他背着包，闲庭信步地走进陈列室，头发剪得很短，颜色较深，鼻子歪了，好像被打断过一样，穿着衬衫，袖子卷起来，露出满臂文身，像蜘蛛一样延伸到手指上。

然后我看到了那枚结婚戒指。纤细的橡木饰面不太引人注意，但我知道它摸起来很冷。他几乎变了个人。想在众目睽睽之下隐藏，只能如此。到底是不是他？

我不是第一次看到他。自从他离开后，到处都是他的身影。

慌张中，手里的文件掉在地上。

他弯下腰帮我捡东西。他没有笑。他没有碰我的手。这一刻无比漫长。

他把文件递给我。

慌乱中，我应该是感谢他了。我是大声说出来的吗？我不知道。

也许吧。因为他点了点头。

然后他站起来，朝来时的方向走去。就在这时，他说了只有他才会说的一句话。

"有个或许存在过的人依然爱你。"说话时没看我，声音很低。

是问候。

也是再见。

我的皮肤开始发热，脸颊开始泛红，但我什么也没说。没时间说什么了。他耸耸肩，将背包往高处推了推，然后消失在人群中。他只是另一个沉迷于设计的"瘾君子"，正赶往另一个展位。

我不敢朝他的方向看。

我垂下眼睛，假装在整理文件，但身上散发的热量如此真实。那红色在我的皮肤上久久不散，但愿没人注意到。

我数到一百，再数到一百五十。

终于觉得可以抬起头时，看到了贝莉。她正从欧文离开的方向朝我走来，身穿灰色毛衣裙和高帮匡威鞋，长长的棕色头发垂到腰际。欧文与她擦肩而过了吗？他有没有看到她变得多么漂亮，多么自信？我希望他看到了，并感到如释重负，又希望他没看到，因为这会让他牵肠挂肚。

无论如何，事情总有两面。

我深吸一口气，看着她和谢普手牵手走过来。他向我敬了个礼，他一定觉得自己很可爱。

他们走近时，我微笑着。贝莉也对我微笑着。

"妈妈。"

致　谢

我是从 2012 年开始写这本书的。很多次把它放在一边，但每次又无法真正放手。在如此反复的过程中，是苏珊娜·格鲁克的精心指导帮助我完成了这个故事。感谢她！

玛丽苏·鲁奇，你深思熟虑的编辑和聪慧睿智的评论提升了这本小说的品质。你是我最好的合作伙伴，梦寐以求的编辑，更是我最亲爱的朋友。

感谢西蒙与舒斯特团队：达娜·卡尼、乔纳森·卡普、哈娜·帕克、纳沃恩·约翰逊、理查德·罗勒、伊丽莎白·布里登、扎卡里·诺尔、杰基·休、温迪·谢宁、玛吉·索哈德、朱莉娅·普洛瑟；以及威廉·莫理斯奋进集团的安德里亚·布拉特、劳拉·邦纳、安娜·迪克森、加比·费特斯。

西尔维·拉比诺，我们从第一本书开始就合作了。谢谢你。你是我最信任的顾问，雅各布的"西尔弗"，这个星球上我最喜欢的人之一。我爱你。

我要感谢凯瑟琳·埃斯科维茨和格雷格·安德烈斯提供的法律专业知识。感谢西蒙娜·普利亚，最杰出的奥斯汀向导。感谢尼科·坎纳和尤恩·蒂欧送给我的精美木质碗。它激发了我对汉娜的很多灵感。

我还要感谢这些人。他们在过去的八年中，阅读了这部小说的多个初稿，并提供了宝贵的建议和见解：艾莉森·温恩·斯科奇、温迪·梅里、汤姆·麦卡锡、艾米丽·厄舍、斯蒂芬·厄舍、约翰娜·沙格尔、乔纳森·特罗珀、斯蒂芬妮·艾布拉姆、奥利维亚·汉密尔顿、达米恩·查泽尔、肖娜·塞利、达斯蒂·托马森、希瑟·托马森、阿曼达·布朗、艾琳·菲奇、林赛·鲁宾、莉兹·思科德拉、劳伦斯·奥唐奈、基拉·戈德堡、艾丽卡·塔维拉、莱克西·埃斯科维茨、萨沙·福尔曼、凯特·卡普肖、詹姆斯·费尔德曼、裘德·赫伯特、克里斯蒂·马科斯科·克里格、玛丽莎·耶尔斯·吉尔、达娜·福尔曼。

还要特别感谢劳伦·莱维·纽斯塔德、里斯·威瑟斯彭、萨拉·哈登，以及出版我作品《你好，阳光》的团队。你们对这本书的信任让我梦想成真。

我也衷心感谢戴夫和辛格的家人以及我的好朋友们，感谢他们坚定不移的爱和支持。感谢那些一直陪伴的书友、书商和书迷们。

最后，感谢我的家人。

乔希，我不知道感谢你什么。也许应该说没有你的信任，这本小说就不会存在。我甚至不敢相信，十三年之后，还能有一个如此美好的伴侣。我爱你胜过一切。

雅各布，我独一无二，心胸开阔，聪明风趣的小男人。你来到这个世界的时候，我获得了重生。现在，我怀着感激和谦卑的心情走过这段旅程，感谢你教给我的一切。我还能说什么？孩子，我不每天都告诉你吗？

我最大的幸福就是做你的妈妈。

图书在版编目（CIP）数据

人间蒸发 /（美）劳拉·戴夫著；冯新平译 . -- 北京：九州出版社 , 2023.12
ISBN 978-7-5225-2424-5

Ⅰ . 人… Ⅱ . ①劳… ②冯… Ⅲ . ①通俗小说—美国—现代 Ⅳ . ① I712.45

中国国家版本馆 CIP 数据核字 (2023) 第 232306 号

THE LAST THING HE TOLD ME
Copyright © 2021 by Laura Dave
First published in 2021 by Simon & Schuster
All rights reserved.

著作权合同登记号：图字：01-2023-5667

人间蒸发

作　　者	［美］劳拉·戴夫 著　冯新平 译
责任编辑	牛　叶
出版发行	九州出版社
地　　址	北京市西城区阜外大街甲 35 号（100037）
发行电话	（010）68992190/3/5/6
网　　址	www.jiuzhoupress.com
印　　刷	嘉业印刷（天津）有限公司
开　　本	889 毫米 × 1194 毫米　　32 开
印　　张	9.5
字　　数	175 千字
版　　次	2023 年 12 月第 1 版
印　　次	2025 年 2 月第 1 次印刷
书　　号	ISBN 978-7-5225-2424-5
定　　价	49.80 元

★ 版权所有　侵权必究 ★